# 타인을 듣는 시간

다른 세계를 여행하는    다큐멘터리 피디의    독서 에세이

# 타인을 듣는 시간

김현우

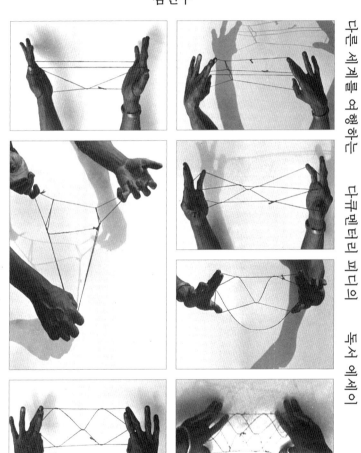

다른 세계를 여행하는    다큐멘터리 피디의    독서 에세이

반비

'우리'라는 말을 쓰고 싶지 않던 시기가 있었다. 차이를 이해받지 못한 소수자들, 제3세계 사람들, 소외된 이들, 이주노동자들을 찾아다니며 그들의 언어에 귀 기울이고, 그들 삶의 디테일을 응시하고 체화하는 과정을 성실하게, 예의를 다해, 진심을 다해, 글과 영상으로 담아내는 과정을 기록한 에세이들을 읽으니 그 이유를 알겠다. 연대의 언어인 우리라는 말이 오히려 차별을 부르고, 폭력으로 작용하는 경험을 무수히 직간접적으로 했기 때문이다. 그럼 우리는 우리가 돼서는 안 되는 걸까.

　김현우 피디의 에세이들은 차이를 발견하고 인정할 때 우리가 된다는 걸, 그러니까 차이에서 우리가 자연스레 발생한다는 걸 문득문득 내내 일깨운다. 우리를 버림으로써 우리가 탄생하는 자리에 이 귀한 책 『타인을 듣는 시간』이 놓여 있다. 이 책을 읽기 전에 타인을 만났다고 함부로 말하지 말자, 우리라고 함부로 말하지 말자.

—김숨(소설가)

다큐멘터리 피디로서 김현우는 자신이 이해한 만큼의 세상을 우리에게 전하는 일을 한다. 3억 5000만 년 전에 살았다는, 지금은 화석으로 남은 아칸소스테가가 어떤 동물이었는지에 대해서라면 전문가의 말을 그대로 들려주면 될 것이다. 하지만 자신의 삶과는 전혀 다른 맥락 속에서 살아온 사람의 이야기라면 어떨까? 그들에 대해 말하는 것은 고사하고 이해하는 것 자체가 가능할까? 이 책은 이 질문 하나로만 구성됐다고도 볼 수 있다.

이 책 어딘가에도 나와 있다시피 우리가 질문을 던지는 이유는 즉답이 아니라 옳은 방향을 찾기 위해서다. 답을 구하지 못한 질문은 방황처럼 보이겠지만, 그 자체가 방향이다. 그 방향을 찾기 위해 그는 신발 공장 노동자, 트랜스젠더, 이주노동자, 학교폭력의 가해자 등을 만나 다큐멘터리를 만들고 틈틈이 자신과 비슷한 고민을 담은 논픽션을 읽는다.

그러므로 이 신중하고 집요하면서도 인내심으로 가득한 문장은 그의 것이기도 하고 그가 읽은 논픽션의 것이기도 하다. 그리고 그것은 그가 하는 일의 것이기도 하며, 논픽션의 거친 세계에서 타인과 더불어 살아가는 우리에게 방향을 제시하는 질문이기도 하다.

—김연수(소설가)

차례

# 컨테이너선에서의 만남

6월 중순의 홍콩은 견디기 어려웠다. 공항을 나서자마자 뜨겁고 습한 공기 때문에 안경에 김이 낄 정도였다. 두 달 후 방영 예정인 다큐멘터리를 위한 마지막 해외 출장이었다. 촬영지는 홍콩이 아니라 홍콩항에서 출발하는 컨테이너선이었다. 촬영 팀은 홍콩에서 1박을 한 후에 다음 날 일찍 출발하는 부산행 컨테이너선을 타고, 배 안에서 3박 4일 동안 선원들을 취재할 예정이었다.

프로그램의 제목은 '내 운동화는 몇 명인가'. 주술관계도 맞지 않는 이런 제목의 다큐멘터리를 만들고 있다고 하면 사람들이 다 물어본다. "무슨 내용이에요?" 그럼 나는 얼른 대답을 못 한다. 우선은 "운동화 한 켤레가 소비자 손에 들어오기까지, 어떤 사람들이 어떤 일을 하고 있는지 알아보는 다큐멘터리입니다."라고 이야기할 뿐이다. 꼭 운동화가 아니라도 좋았지만, 반드시 제조업 공장에서 만들어진 공산품이면서 눈에 잘 띄지 않는 물건이어야 한다고 생각했다. 열쇠, 신용카드, 휴대전화 등등 후보를 떠올렸다. 매일 아침 외출할 때 챙기는, 일상에서 없어서는 안 되는 물건들이지만 우리는 그것을 만든 사람들에 대해서 좀처럼 생각하지 않는다. 그럼에도, 그 물건들이 다른 사람들의 노동의 결과임은 분명하다. 어떤 의미에서 우리는 그런 물건들을 통해 늘 타인을 접하고 있다.

그 타인들을 만나보고 싶었다. 제작 가능성이나 섭외 여부를 고려하여 운동화로 품목을 정한 후에는 원재료부터 제조 공장, 물류까지 다 담아내고자 했다. 하나의 공산품을 완성해 가는 각각의 과정에서 손으로 일하는 사람들(이 다큐멘터리에 소위 '기획자'나 '경영자'는 나오지 않는다. 훌륭한 경영자에 대한 이야기는 이미 많이, 지나치게 많이 들을 수 있으니까.)의 작업을 가능한 한 상세하게 보여 주면, 바라건대는 시청자이면서 동시에 소비자이기도 한 사람들이 물건 하나를 통해서도 타인들과 이어져 있음을 확인할 수 있지 않을까 싶었다.

광부들이 일하는 모습을 보노라면, 다른 세상에 다른 사람들이 살고 있구나 하고 문득 깨닫게 될 것이다. 저 아래 누가 석탄을 캐고 있는 곳은, 그런 곳이 있는 줄 들어 본 적 없이도 잘만 살아가는 이곳과는 다른 세상이다. 아마 대다수 사람들은 그런 곳 얘기는 안 듣는 게 좋다고 할 것이다. 하지만 그 세계는 지상에 있는 우리의 세계에 절대적으로 필요한 나머지 반쪽이다.(조지 오웰, 이한중 옮김, 『위건 부두로 가는 길』 (한겨레출판, 2010), 47쪽)

말레이시아의 고무나무 농장과 1차 가공 공장을 갔고, 슬로바키아의 운동화 공장을 갔으며, 부산 신항을 촬영했다. 그리고 홍콩에서 출발하는 컨테이너선을 촬영했다. 네 곳에서 몸으로 일하고 있는 열 명 남짓한 사람들을 만나서 그들의 이야기를 들었다. 부산 사투리와, 통역자가 힘들어한 키나발루산 일대 원주민의 말레이어 사투리, 통역자를 찾기도 힘들었던 슬로바키아어, 미얀마인들이 쓰는 영어로 전해지는 노동자들의 '생활'을 온전히 담고 싶었다. '그들의 목소리로 그들의 삶을'. 그것이 내가 생각하는 다큐멘터리다. 이 정의는 그대로 글쓰기의 한 장르로서 논픽션에도 해당할 것이라고 생각한다. 그리고 조지 오웰의 『위건 부두로 가는 길』은 이러한 정의

가 적용된 논픽션의 고전이다.

\* \* \*

컨테이너선을 찍고 싶었다. 공산품의 원재료와 제조 과정과 물류까지 담으려면 반드시 컨테이너선 내부의 그림이 필요하기도 했지만, 거기에 더해 개인적으로 한 번쯤은 어디를 봐도 수평선밖에 보이지 않는 풍경을 직접 보고 싶었다.

20피트(약 6미터) 짜리 컨테이너 8000개를 실을 수 있는 컨테이너선은 매우 크다. 당연히 클 거라고 생각했지만 막상 컨테이너선을 눈앞에서 보면 일상적 단위를 벗어난 그 크기를 얼른 받아들이기가 쉽지 않다. 길이 300미터, 폭 40미터가 넘은 그 배에, 아파트 10층 정도 높이로 컨테이너가 쌓인다. 컨테이너 물류에 관한 책 『모든 것의 90퍼센트(*Ninety Percent of Everything*)』의 저자 조지 로즈에 따르면, 그런 배가 전 세계에 6000대 이상 있다고 한다(2011년 기준). 하지만 이런 크기나 선박의 수는 역시 숫자일 뿐이라 실감이 나지 않는다. 우리나라 같은 경우에, 대부분의 공산품이 그런 배를 한 번씩은 거쳐 소비자 시장에 나오지만, 모두 똑같이 생긴 컨테이너에 담기기 때문에 컨테이너선만 봐서는 그 물건들의 다양함이 쉽게 느껴지지 않는다. 나의 경우, 홍콩에서 탑승한 현대 프라이드호에 대한 첫 번째 실감은 배에 타기 위해 오른 간이 사다리의 흔들림이다. 배 옆으로 내려 준 간이 사다리를 타고 30~40미터는 돼 보이는 높이의 갑판에 올라갈 때는, 아닌 게 아니라 좀 무섭다. 기름이 잔뜩 묻은 쇠파이프 난간을 쥐고 앞만(그러니까 위만) 보고 오르다 보면, 다리가 아파 더는 안 되겠다 싶을 때쯤에 갑판에 도착한다. "굿모닝." 거기 기다리고 있던 갑판원이 동남아식 악센트의 영어로 인사하며 맞아 준다.

25만 명의 광부가 실업을 당한다고 할 때, 뉴캐슬 뒷골목에 사는 광부 앨프 스미스라는 사람이 일자리를 잃는 것은 일종의 순리라고 볼 수 있다. 앨프 스미스는 단지 25만이라는 숫자 가운데 하나, 말하자면 하나의 통계 단위일 뿐이다. 그러나 어떤 사람이 자신을 하나의 통계 단위로 보기는 쉽지 않다.(116쪽)

어떤 사람을 하나의 '통계 단위'로 보는 것을 할 수 있느냐 없느냐 하는 지점에서 사람은 근본적으로 나뉘는 것 같다.

그럴 수 있는 사람이 결정의 순간에 더 쉽게 선택할 수 있다. 회사에서 일을 하다 보면, 그리고 개인적인 일과 관련해서도 나 또한 사람을 보지 않은 채 숫자만 보고 결정할 때가 있다. 종이 위에서 숫자를 조정하는 일은 직접 상대를 마주하고 앉아 그의 눈을 똑바로 보며 거절을 통보하는 것보다 훨씬 부담이 적으니까. 다만, 그것이 그저 숫자만이 아님을 잊지 말아야 한다는 것, 숫자가 아닌 사람에 대한 부담을 껴안아야 한다는 것은 알고 있다. 「내 운동화는 몇 명인가」라는 다큐멘터리를 기획할 때의 마음도 그런 것이었다.

우리가 탄 배의 승선 인원은 모두 스물세 명. 그중 한국인 선원이 열일곱 명이고, 미얀마 선원이 여섯 명이다. 인건비를 이유로, 항해사 등 사관급 선원을 제외하고는 외국인 선원을 고용하는 것이 일반적인데, 한국인 선원과 외국인 선원의 비율은 일정하지 않다. 답사 때 탔던 배의 구성은 반반이었던 것 같고, 나중에 선장에게 들은 바로는 선장, 기관장, 1항사, 1기사 네 명을 제외하고는 모두 외국인 선원으로 이루어지는 구성도 있다고 한다. 답사 때 탔던 배의 외국인 선원들은 모두 필리핀 국적이었는데, 이번 배에 탄 이들은 모두 미얀마 선원들이다. 적어도 같은 배에 타는 외국인 선원의 국적은 통일시키는 모양이라고 짐작한다.

타자마자 배의 실무를 거의 전부 담당하고 있는 1항사와 인사를 나눈다. 선장은 쉬고 있다고 한다. 선장은 입항과 출항 시에 쉬지 않고, 길게는 24시간 이상 집중해서 일하기 때문에 배가 멈추어 있는 동안은 쉬어야 하기 때문이다. 1항사가 홍콩에서 실어야 할 화물들을 확인하는 동안 지저분하고 젖기까지 한 안전복을 입은 미얀마 선원 한 명이 들어온다. 새카만 얼굴은 땀인지 물인지로 흠뻑 젖어 있고, 역시 지저분한 안전모 아래로 아무렇게나 자란 듯한 머리가 보인다. 후끈한 땀 냄새를 풍기는 갑판원이 화물에 대해서 1항사와 영어로 이야기를 주고받는다. 항구에서 실은 컨테이너가 손상됐거나, 컨테이너를 배에 고정하는 부분에 문제가 있으면 갑판원은 즉시 항해사에게 보고해야 한다. 즉석에서, 두 사람이 해당 컨테이너의 문제점을 무전으로 주고받는 상황을 촬영해도 되겠는지 묻는다. 괜찮단다. 촬영 감독 한 명을 상황실에 남겨 두고 나머지 한 명은 갑판원에게 붙여서 보낸다.

갑판원의 이름은 묘(Myo)라고 한다. 출발 전에 공부한 바에 따르면 미얀마에서 '묘'는 목요일에 태어난 남자아이에게 붙이는 이름이다. 목요일에 태어나, 지금은 다른 나라 배에서 땀을 비 오듯 흘리며 철제 바닥에 쌓인 철제 컨테이너 사이를 오가는 일을 하는 남자와 촬영 감독이 함께 나가고, 5분

쯤 지난 후에(역시 큰 배다.) 무전이 온다. 몇 번 몇째 줄에 있는 컨테이너의 결합 장치에 문제가 있는 것 같다는 이야기다. 위치 확인을 다시 요청하는 1항사의 말에, 무전기 저쪽의 묘는 또박또박 다시 불러 준다. 탱고(Tango) 몇 번, 브라운(Brown) 몇 번……. 이쪽에서 항만 측에 확인하겠다는 이야기로 무전을 마친 1항사가 말한다. "그래도 묘가 T, B라고 하지 않고 탱고, 브라운이라고 안 헷갈리게 이야기했네. 영리한 친구야." 나도 그렇게 생각한다. 괜찮은 출연자를 만난 것 같다고.

* * *

그날 저녁 식사를 마치고 묘를 포함해 세 명의 미얀마 선원과 간단하게 인사를 나누고 촬영 계획을 이야기했다. 가능하면 저녁 식사까지 함께 하고 싶었지만, 사관(officer)과 선원(crew)은 함께 밥을 먹지 않는다.(촬영 팀은 사관 쪽 식당으로 안내받았다.) 식당이 있는 층은 세 부분으로 나누어져 있는데, 가운데가 조리실, 즉 '갤리'이고 식사 공간은 갤리 양쪽에 붙어 있다. 사관 대부분이 한국인이고 선원 대부분은 외국인이라서 자칫 차별처럼 보일 수 있지만, 한국인 선원도 당연히 선원 쪽 식당에서 밥을 먹는다. 누군가 숨어 버리면 찾을 수도 없을 정도로 큰 배를 그렇게 적은 수의 인원으로 운행하려면 위계가 엄격해야겠다는 생각도 들었다. 나는 묘를 포함해 식사 중인 미얀마 선원들에게 가서, 우리의 촬영 계획을 간략히 설명하고 명함을 한 장씩 나누어 준 후, 다음 날 아침에 인터뷰를 하기로 약속을 잡았다.

컨테이너선의 일과는 일찍 시작된다. 다음 날 아침, 새벽 갑판 청소를 마친 묘는, 일할 때 입는 지저분한 작업복과 다른, 한 번도 입지 않은 것 같은 깨끗한 새 작업복 차림으로 인터뷰 장소에 나타났다. 우리 나이로 서른다섯 살, 미혼이며, 고향에 부모님과 남동생이 있다. 가족이 슈퍼마켓 같은 작은 상점을 운영하고 있다. 넷이서 일하나 셋이서 일하나 가게에서 버는 수입은 차이가 없기 때문에 자기는 이렇게 나와서 "추가로" 돈을 벌고 있다고 했다.

선원 생활은 12년째였다. 미얀마에서 대학까지 나온 후, 한국의 해양 대학에 해당하는 학교에서 1년을 더 공부하고 나서 선원이 되었다. 한번 배를 타면 10개월 정도 계속 배에 머무른다. 10개월 동안 같은 일과와 같은 풍경이 반복되는 삶이다. 지금 타고 있는 배를 5개월 정도 더 타야 했다. 앞으로 4, 5년 더 배를 탄 후에 부모님이 나이가 들면 고향의 상점을 이어받아 운영할 거라고 했다. 그 전에 결혼을 할 수 있으면 좋겠다고 덧붙였다.(꼭 그럴 수 있기를 바란다고 나도 덧붙였다.) 그렇게 인터뷰를 마친 묘는 인터뷰를 위해 입었던 새 작업복을 때 묻은 '진짜' 작업복으로 갈아입은 후 갑판 청소를 하러 나갔다.

인터뷰는 잘 마쳤는데, 묘의 영어는 참으로 알아듣기 어려웠다. 문법 없이 단어만 나열하는 식이었고, 그 발음이 좋다 나쁘다의 차원이 아니라, 영어를 기본으로 해서 미얀마식으로 변형된 다른 언어라 할 만했다. 당연한 이야기다. 삶이 달라지면 언어도 달라질 수밖에 없는 것이다.

슬럼 거주민들을 번듯한 집으로 이주시키는 것은 대단한 업적이긴 하지만, 우리 시대의 독특한 분위기 때문에 그들이 누려 온 자유의 마지막 흔적까지 박탈할 필요가 있다고 여기는 것은 불행한 일이다. 그들 자신이 그렇게 느끼고 있으며, 새 집이 (집 '자체'로선 그들이 살던 곳보다 훨씬 낫지만) 춥고 불편하고 '집 같지 않다'고 불평할 때 그들이 표현하고자 하는 것이 바로 그런 느낌인 것이다.(96쪽)

오웰의 『위건 부두로 가는 길』이 현대의 고전이 될 수 있었던 것은, 그가 단순히 광부들의 열악한 삶을 전달해야 한다는 사명감 외에, 서로 다른 세계에서는 언어도 달라진다는 점을 알아차리는 섬세한 감각까지 지니고 있었기 때문이다. 그러니까 "그들 자신이 그렇게 느끼고 있으며 [······] 그들이 표현하고자 하는 것이 바로 그런 느낌이다." 같은 문장들을 쓸 수 있는 작가였다. '그들 자신이 느끼는 느낌'이야말로 '통계 숫자'와 정반대 지점에 있는 것이라 하겠다. '집'이나 '자유' 같은 단어는 사람들이 어떤 세계에 살고 있는지에 따라, 그 구체적인 내용과 감각이 달라질 수밖에 없는 것 아닐까? 슬럼 거주민에게 새로운 주거 단지를 제공하는 것은 주민들의 삶을 숫자로 파악하는 사람들의 일이다. 그들은 그것이 주민들을 위하는 것이라고 믿는다. 그 믿음도 아마 진심일 테고, 오웰 역시 그 점을 알기 때문에 그런 시도가 "불행한" 것이라고 말한다. 다름 자체가 나쁘거나 사악한 것이 아니다. 두 세계의 언어가 다르기 때문에 벌어지는 불행한 일, 안타까운 일일 뿐이다.

하지만 오웰이 살던 시대, 그가 살아온 삶의 경험에서 그 '언어의 다름'은 지나치게 일방적이었다. 그는 제국의 공무원으로 식민지에 파견되었던 적이 있다. 버마(1989년 6월 미얀마로 개칭하기 전까지 사용되었던 국명)에서, 그리고 파리와 런던의 슬럼에서 서로 다른 언어들이 마주칠 때, 그 언어들의 관계는 동등하지 않았다. 제국의 언어가 식민지의 언어에 비해, 그리고 가진 자의 언어가 빈민의 언어에 비해 압도적으로 '옳은' 것으로 여겨졌다. 그때 언어는 '힘의 관계'를 그대로 담고 있는 것이었고, 그 관계란 그대로 식민지 시대를 살던 사람들의 삶의 경험이 놓여 있는 관계이기도 했다. 버마라는 제국주의의 한 전선에서, 그리고 파리와 런던의 빈민가에서 오웰은 그 일방적 관계를 바닥까지 경험한 후에, 진정 어느 쪽이 옳은지 의문을 가지게 되었다. 이것이 그의 모든 글쓰기의 출발점이었다. '옳다'고 말해지는 세계만이 옳은 것이 아니었으므로, 그는 그 관계를 뒤집고 싶었다. 그리고 이번 다큐멘터리에서 경영자가 아니라 노동자들의 언어만을 담고 싶었던 나의 마음도 다르지 않았다.

내가 느낀 죄책감은 너무 엄청나서 속죄를 하지 않고는 벗어날 수 없을 것 같았다. 과장처럼 들릴지도 모른다. 하지만 스스로 도저히 인정할 수 없는 일을 5년 동안이나 해 본 사람이라면 누구나 비슷하게 느낄 것이다. 번민 끝에 결국 얻은 결론은 모든 피압제자는 언제나 옳으며 모든 압제자는 언제나 그르다는 단순한 이론이었다. 잘못된 이론일지 모르

나 압제자가 되어 본 사람으로 얻을 수밖에 없는 자연스러운 결론이었다.(200~201쪽)

나의 세계와 다른 세계에 사는 사람들이 있다는 것, 그 세계에서는 같은 언어도 다르게 사용되고 있다는 것을 깨닫는 것, 그런 까닭에 타인과 나를 묶어서 함부로 '우리'라고 칭해서는 안 된다는 것을 아는 것, 이런 깨달음이 오웰을 전사로 만들었다. 피압제자 편에서 압제자에 맞서 싸우는 길을 택한 것이다. 같은 깨달음을 얻었다 해도 그 후의 행동은 각자의 기질에 따라 달라질 수밖에 없을 것이다. 나는 그런 깨달음이 곧장 선명한 정치투쟁으로 이어지는 것에 회의적이다. 다만 개인적인 차원에서 말해 보자면, 나와 타인의 다름을 인정하는 것, 그리고 타인의 언어를 익힘으로써 나의 언어가 잘못되었을 수도 있음을 알아 가는 그 과정이 성장인 것만은 분명해 보인다.

\* \* \*

타인들의 세계와 접촉하지 않아도 되는 삶은 편안한 삶일 것이다. 권력을 가진 사람 주변에는 그런 접촉을 알아서 처리해 주는 아랫사람들이 몰려들고, 부유한 사람은 자신의 부로 그런 접촉을 대신해 주는 서비스를 이용한다. 그렇게 자신의 지평 안에서만, 타인의 세계를 이미지와 숫자로만 접하는 삶은 안락할 것이다. 나의 생활을 가능케 하는 물건 대부분이 아마도 내가 탔던 컨테이너선에 실려 있었음을 생각하면, "그 세계는 [……] 우리의 세계에 절대적으로 필요한 나머지 반쪽이다."라는 오웰의 말은 여전히 타당하다. 하지만 그 타당함이 너무 멀리 있는 것도 사실이다. 평생 컨테이너선을 한 번이라도 타 보는 일반인의 수가 얼마나 되겠는가?

나로서는 타인들의 세계를 알고 싶은 마음에 다른 이유를 찾을 수밖에 없다. 내가 다른 세계를 알고 싶은 이유, 그리고 직업인 다큐멘터리 제작을 통해 가능한 한 그 다른 세계를 보여 주고 싶은 이유는, 다른 세계와의 접촉이 없는 개인, 다시 말해 확장되지 않는 개인은 결국 약해질 수밖에 없다고 믿기 때문이다. 약함은 여러 다른 이름으로 드러날 수도 있다. 비겁함, 망상, 근본주의 같은 것들, 그리고 (권력과 부를 얻은 사람들의 경우) 자신의 안락함을 지키는 과정 혹은 (아직 얻지 못한 사람들의 경우) 안락함을 얻으려는 과정에서 드러나는 모든 추악함은 약함의 다른 모습이다. 타인의 삶, 자신의 세계와는

다른 곳에서 진행되어 왔던 그 삶을 다른 언어를 통해 전해 듣고, 그것을 나의 세계, 나의 언어에 비추어 보고, 그런 식으로 나의 지평을 조금은 넓혀 가는 과정은 또한 나의 정신을 단련하는 과정이다. 그렇게 타인의 언어들 속에서 우리는 성장할 것이다.

오웰 역시 행동으로 그 점을 증명해 보였다. 『위건 부두로 가는 길』이 출간될 무렵 그는 이미 스페인 내전을 취재하기 위해 떠난 상태였다. 기록을 위해 전쟁터로 떠나는 일이야말로, 약한 사람이라면 할 수 없는 일이 아니겠는가? 오웰은 자신의 과거와 화해하려 했다. 중산층이었고, 명문 학교를 나왔고, 관리자로서 식민지에서 일했던 과거가 있다. 특히 마지막 일은 현재의 자신으로서 부정해야만 하는 과거다. 그럼에도 불구하고 없었던 것으로 치부할 수 없는 그 과거를, 그렇다면 그는 미래를 위한 자산으로 삼기로 한다. 엠마뉘엘 카레르는 초기 기독교의 역사를 다룬 픽션 『왕국』에서 종교학자 에르네스트 르낭을 인용하며 다음과 같이 말한다. "어떤 종교의 역사를 쓰려고 할 때, 그 최적의 조건은 그것을 믿었다가 더 이상 안 믿게 되는 것"이라고. 제국주의와 자본주의에 대해 오웰은 "믿었다가 더 이상 안 믿게 되는" 어떤 상태에 있었고, 바로 그렇게, 한때 몸담았다 빠져나온 사람으로서 자신이 가장 잘할 수 있는 이야기를 해낸다.

컨테이너선에서 지냈던 3박 4일 동안 다른 선원들도 취재했다. 카메라 앞에 서는 것을 좋아했던 미얀마 출신의 또 다른 갑판원은 인터뷰 내내 웃음 반 알아듣기 어려운 영어 반이었는데, 집안 남자 중 배 타는 사람만 넷이라고 했다. 처음 배에 올랐을 때부터 우리를 안내해 준 부산 출신의 1항사는 이번 항해에 나서기 한 달 전에 결혼했다고 했다. 거의 신혼여행에서 돌아오자마자 배를 타서 넉 달째 아내를 보지 못하고 있었다. 선장은 따로 취재하지 않았다.

그들 모두 자신들이 싣고 가는 수천 개의 컨테이너 안에 구체적으로 어떤 물건들이 들어 있는지는 모른다고 했다. 그 안에 운동화와 휴대전화와 신용카드가 들어 있을지도 모른다. 너무나 일상적인 그 물건들이, 가장 일상적이지 않은 곳에서 일하는 사람들 덕에 나에게 전해지는 것이었다. 나는 그 사람들을 만나서 반가웠고, 그들이 고마웠다.

묘와 인터뷰를 했던 날 저녁에 그의 방에서 추가 촬영을 했다. 짐작과 달리 단정하고 깔끔한 자신의 선실에서 그는 침대 앞에 붙여 놓은 불상 사진을 향해 기도를 했고, 어머니와 영상 통화를 했고, 결혼하고 싶은 여성상에 대해 이야기했다.(그냥 어머니가 정해 주는 여자랑 결혼할 거라고 했지만.) 좋은 기분으로 일어설 때, 그의 책상 유리(책상에 유리를 깔 정도로 깔끔한 남자였다.) 밑에 전날 내가 준 명함이 꽂혀 있는 것을 보았다. 다른 명함들과 함께 있는 것도 아니고 내 명함 한 장뿐이었다. 역시 나는 숫자가 아니라 사람을 만났던 것이다. 내가 물었다.

"방송이 나오면 양곤에 있는 집 주소로 USB 같은 걸 보내 드리면 될까요?"

"네, 그러셔도 되는데, 그때까지 저는 이 배를 타고 있을 것 같아요."

"그러면, 현대상선을 통해서 이 배로 전해 드리는 방법을 알아볼까요?"

"네, 그래 주시면 감사하겠습니다."

"네, 애써 보겠습니다."

묘의 책상에 놓인 내 명함을 보지 않았다면 이런 대화는 없었을 것이다. 그를 만나고 나서 내가 성장했는지 어땠는지 자신할 수는 없다. 그러나 형식적으로 건넨 명함을 그렇게 곱게 모셔 두는 출연자에 대한 마음은 무거워지게 마련이다. 그 무게를 견디는 만큼 나는 성장할 것이다.

# 이야기가 만들어 내는 혼돈

표현할 언어가 존재하지 않는다는 것은 그에 관련된 이해도 없다는 뜻이다. 그리고 장애와 관련한 경험들은 단어에 굶주려 있다.(앤드루 솔로몬, 고기탁 옮김, 『부모와 다른 아이들 1』(열린책들, 2015), 26쪽)

어떤 문장은 그 문장이 나올 때까지의 시간을 짐작하게 한다. 단어를 정교하게 골라 쓴 문장의 정확함은 천재성이나 번득이는 영감의 결과가 아니라, 자신의 경험을 오랫동안 곰곰이 생각하고, 여러 단어들을 대입해 보고, 수정해 온 결과인 경우가 더 많다. 정확한 문장에서 느끼는 감동은, 거기에 들인 시간에 대한 존중의 마음이기도 하다.

앤드루 솔로몬의 『부모와 다른 아이들』은 책 한 권이 나올 때까지 작가가 지나온 시간이 고스란히 전해지는 것 같은 책이다. 전체 분량은 1200쪽에 가깝고, 쓰는 데만 10여 년이 걸렸다. 책은 대부분 '이례적인 자녀'를 둔 부모의 사례를 다루는데, 그 '이례적인' 아이들이란 책의 순서대로 하자면, 청각 장애·소인증·다운증후군·자폐증·조현병을 가진 아이, 장애아, 신동, 강간에 의해 태어난 아이, 범죄자, 트랜스젠더 이렇게 열 가지 부류를 말한다. 그러니까 그때까지 자신의 경험으로는 이해할 수 없는 특징을 지닌 자녀들을 마주한 부모들이, 그렇게 차이를 지닌 아이를 사랑하게 되는 과정을 담고 있는 것이다. 300여 가정의 이야기를 담아내는 데 1000여 쪽이 필요했다. 이 정도의 시간이 담긴 책들을 읽고 나면, 저자가 그 시간들을 온전히 전하는 데 성공했다면, 독자 역시 마치 함께 그 시간을 건너온 것처럼 이전의 모습으로 돌아갈 수 없다. 적어도 나는 앤드루 솔로몬의 『부모와 다른 아이들』을 읽기 전으로 돌아가고 싶지 않다.

＊＊＊

"자폐증 뒤에 숨어 있는 정상적인 아이 같은 것은 없다."(494쪽)

2018년 여름에서 2019년 여름까지 앤드루 솔로몬의 책 제목을 그대로 빌려 온 다큐멘터리 「부모와 다른 아이들」을 제작했다. 시작은 이렇다. 다큐멘터리 피디마다 기획의 시작이 다르겠지만, 나의 경우에는 하나의 단어 혹은 질문이다. '말해지지 않는 표현들'이 궁금해서 넌버벌(non-verbal) 커뮤니케이션에 대한 다큐멘터리를 기획했고, '화석'에 꽂혀서 진화사 다큐멘터리를 만들었다. 앤드루 솔로몬의 책을 읽을 무렵 내가 궁금했던 것, 혹은 그 책을 읽고 나서 좀 더 분명하게 던질 수 있었던 질문은 '차이'에 관한 것이었다. 좀 더 구체적으로 나는 자신과 다른 타자들에 대한 혐오를 이해할 수 없었고, 그런 혐오 표현을 당당하게 내뱉는 사람들이 견디기 어려웠다. 개인적 차원에서 견디기 어려웠던 것에 더해, 그러한 혐오가 점점 더 아무렇지도 않게 표현되는 사회 분위기가 너무나 위험하다는 생각도 했다. 우리는 어쩌다가 나와 다른 사람들에 대해 이렇게까지 무례하게 되었는가, 하는 질문. 그래서 그런 무례함에 노출된 집단에 속한 사람들의 세계를 알려 주고 싶었다. 당신들이 아무렇지도 않게 차별하는 이 사람들이 실은 이런 사람들이라고. 이 사람들에 대해 알고 나면 당신들의 무례함을 다시 돌아보겠느냐고, 혐오를 내뱉는 사람들에게 되묻고 싶었다. 앤드루 솔로몬의 이야기에 등장하는 그 모든 이례적인 사람들을 국내에서 취재할 수는 없었다. 결국 '자폐', '장애', '동성애' 세 가지 주제를 정하고, 차이를 차별로 경험하고 있는 이들의 삶을 기록해 그들의 이야기를 전하고 싶었다.

애리조나주 피닉스에 있는 자폐인 공동주택 퍼스트플레이스는 볕이 잘 드는 건물이었다. 본인이 자폐아의 어머니면서 해당 건물을 기획하고 실제로 짓기까지 한 공동주택의 책임자 드니스는 자폐아들에게는 채광이 중요하다고 했다. 마침 이사할 집을 구하고 있던 내가 들어와서 살고 싶을 정도로 근사하고 기능적으로 지어진 건물이고 그런 방이었다.

첫날은 드니스의 아들이자 퍼스트플레이스의 입주민인 맷을 따라다니며 촬영했다. 아침에 일어나 활동 보조인의 도움을 받아 가며 이 닦고, 이부자리 정리하고, 게임하고, 과자를 포장하는 작업장에서 동료와 함께 일하고, 다 포장한 과자를 식당에 가지고 가 진열하는 과정까지 찍고 돌아와, 저녁에 퍼스트플레이스 입주민들을 위한 요리 교실을 촬영하려고 기다리고 있는데, 건장한 청년이 다가와서 인사를 했다. 다음 날 촬영하기로 되어 있던 조였다. 비교적 경증 자폐 스펙트럼에 속한다는 조는, 얼른 보기에는 비자폐 청년과 전혀 구분되지 않았다. 조가 자기소개를 하고 우리는 우리 소개를 하고, 다음 날 있을 촬영에 대해 간략하게 대화를 나누는 동안 의사소통에도 아무런 문제가 없었다. 그 청년이 궁금해졌다. 일단 출연자에 대한 궁금함이 생기면 촬영은 절반은 성공한 셈이다. 그만큼 그가 매력적인 사람이라는 뜻이니까.

촬영 이틀째, 조를 만나러 간 곳은 피닉스 시내의 노인 거주 시설이었다. 몇백 명의 노인들이 각자 방에서 생활하면서 식사와 의료 서비스를 비롯해 각종 편의 시설을 제공받는 그곳에서 조는 자원봉사자로 활동하며 간호조무사 일을 배우고 있었다. 우리가 촬영하는 동안 조는 할머니 한 분과 카드놀이를 했고, 많은 할머니들과 함께 운동을 했다. 여러 할머니들이 서 있는 조를 중심으로 크게 원을 그리고 앉은 다음, 각자 들고 있는 막대 풍선으로 공 모양 풍선을 치는 놀이였는데, 노인들의 근육 활동에 도움이 된다고 했다. 단조로워 보이는 그 활동을 하는 동안 조는 다른 생각은 없는 것 같았다.

자기 쪽으로 공 모양 풍선이 오면 너무 세지 않게 풍선을 쳐서 할머니들 쪽으로 돌려보내고, 공 풍선이 원 바깥으로 나가면 주워 오며 끝없이 활동에 열중했다. 조는 그저 그 순간에만 집중하고 있었다. '지금'에 집중하고 있는 사람이 누구나 그렇듯 조는 온전히 자기 모습이었고, 그런 순간에 빠진 사람이 또한 그렇듯 아름다웠다.

\* \* \*

농문화에 관한 이해가 깊어지면서 나 역시 청각 장애아를 낳는 문제에 대해 부모님과 비슷하게 무지한 태도로 반응했음을 깨달았다.(23쪽)

『부모와 다른 아이들』의 시작은 이 책이 나오기 9년 전, 앤드루 솔로몬이 신문사의 제의로 청각 장애인의 문화를 취재했던 일이었다. 청각 장애인들과 그들의 건청인 부모들의 사연을 취재하던 그는 그 관계가 동성애자인 자신과 어머니 사이의 관계와 놀랍도록 유사하다는 것을 발견한다. 청각 장애인 당사자들은 어린 시절 끊임없이 자신을 건청인으로 '교정'하려는 부모의 간섭(이는 어쩌면 사랑의 다른 이름일 수도 있고, 그 점이 참 곤란한 지점이기도 하다.)에 시달리지만, 청소년기에 청각 장애인으로서 정체성을 확인하고 크게 안도한다. 성소수자인 앤드루 솔로몬이 겪었던 과정과 똑같다. 인공와우 이식 수술은 지금까지도 청각 장애인들 사이에 논란의 대상이다. 청각 장애인이 인공와우를 뇌에 삽입하고 어느 정도 훈련을 거치면 건청인처럼 소리를 들을 수 있다. 그 시술을 받는다는 것은 소위 말하는 '정상'의 범주에 들어가는 것이고 그에 따른 편의가 있지만, 수화를 쓰는 청각 장애인으로서의 정체성을 저버리는 일이기도 하다. 이런 딜레마를 취재한 앤드루 솔로몬은 동성애자를 이성애자로 '전환'하는 치료법(동성애를 질병으로 간주하는 이 표현을 솔로몬 본인이 이 대목에서 사용하고 있다.)이 있다면 자신의 어머니도 어린 시절의 그에게 그 시술을 받게 하지 않았을까 하고 생각한다. 유대인으로서 소수자에 대한 차별을 경험했던 어머니가, 또 다른 소수자인 게이 아들을 온전히 받아들이지 못했다는 솔로몬 본인의 개인사가 다른 소수자들의 경험에 대한 궁금함과 관심으로 이어졌다.

나는 언제나 나 자신을 극소수자라고 생각했지만 불현듯

엄청나게 많은 동료들이 있음을 깨달았다. '차이'가 우리를 하나로 묶어 주는 것이다.(23쪽)

'연대'는 타인을 이해한 후에야 가능한 것이 아니다. 그것은 타인에 대한 이해와 상관없이 그들을 인정할 때 가능하다. 이해하지 못했다는 것이 타인의 존재를, 그이의 고유한 세계가 있음을 부정하는 핑계가 될 수는 없다. 내가 이해하든 못하든 상관없이, 타인의 세계는 엄연히 존재한다. 탓해야 할 것은 타인이 지닌 낯선 특징이 아니라 그 세계를 인정하지 못하는 나의 편협함이어야 한다. 그리고 그런 편협함은 둔감한 사람, 혹은 둔감해도 되는 사람들의 특징이다. 대체로 아픈 사람들, 혹은 결핍을 겪어 본 이들이 타인에 대해 더 예민하다. 세월호 사건으로 자식을 잃은 부모들의 마음을 5·18 유족들이 "안다."라고 할 때의 마음도 바로 그러했을 것이다. 각자 다른 이유로 아프겠지만 아픈 자리가 같은 사람들, 혹은 자리가 다르더라도 '아프다'는 공통점을 가진 사람들은 그래서 연대할 수 있다.

자원봉사를 마친 조는 경전철을 타고 도시 반대편에 있는 대학에 수업을 들으러 간다고 했다. 대중교통을 이용해서 공부하러 가는 조와 동행하기로 했다. 노인 거주 시설에서 나와 경전철 역까지 걸어가는 길에 햇살이 따가웠다. 조는 한국도 많이 덥냐고 물었다. 4월 중순이었다. 덥지 않다고, 아마 지금이 한국에서 날씨가 가장 좋은 때일 텐데 우리는 그 좋은 날씨를 두고 떠나 여기에 와 있다고 했다. 조가 웃었다. 몸무게가 100킬로그램은 나갈 것 같은데 웃을 때는 영락없이 초등학생 같았다. 역에 도착한 조는 외국인인 우리에게 표 사는 법을 알려 줬다. 편도로 끊을 건지, 현금으로 살 건지 꼼꼼하게 물으며 자신이 직접 시범도 보여 줬다. 경전철 타는 모습, 우리의 맞은편 자리에 앉아 배가 고프다며 백팩에서 감자칩을 꺼내서 먹는 모습도 찍었다.

그런 조의 모습을 열심히 찍고 있는데, 우리 옆에 앉은 중년의 백인 여성이 대중교통 안에서 다른 사람을 허락 없이 찍으면 안 된다고 말했다. 나는 "우리는 일행"이라고 말했고, 조도 웃으면서 "함께 가는 거"라고 했다. 옆자리 여성은 "아, (일행들끼리) 서로 찍는 거는 괜찮다."라고 말했다. 사과하는 투는 아니었고, '내가 몰랐다.' 같은 말도 하지 않았다. 나는 딱히 비아냥거릴 뜻은 없었지만, 그런 뜻이 전혀 없는 것도 아닌 마음을 담아 "알려 줘서 고맙다."라고 말했다. 여자는 대답 없이 앉아 있다가, 잠시 후 다른 칸으로 자리를 옮겼다.

조는 경전철이 지나는 피닉스 도심의 이곳저곳에 대해 이야기했다. 자연사박물관에서 공룡 화석을 봤던 이야기를 특히 신나게 했다. 메이저리그 애리조나 다이아몬드백스의 홈구장을 지날 때 내가 야구장을 가리켰더니, 거기도 가 봤다고 했다. 퍼스트플레이스에서 같이 지내는 친구가 거기서 일한다고 했다. 그 이야기를 들은 다른 승객이 야구장 옆에 있는 피닉스 선즈의 농구장도 좋다고 했다. 대화가 이어졌다. 승객은 우리가 한국에서 왔다는 이야기를 듣고 자기 고향 이야기를 했다. 남자는 애리조나주에 위치한 보호구역 출신의 아메리카 원주민이었다.

잠시 후 두 남자가 경전철에 탔다. 차림을 보면 둘 다 백인 노동자처럼 보였는데, 나이가 많은 쪽은 자전거의 프레임만 들고 있었고 청년 쪽은 자전거 바퀴 하나만 들고 있었다. 아마 집에 도착해서 프레임과 바퀴를 조립할 모양이었다. 꽤나 값이 나가는 바퀴였는지 청년은 보물 안듯이 귀하게 바퀴를 안고 있었고, 나이가 많은 쪽이 그것이 왜 좋은 바퀴인지 설명을 했다. 그 말은 잘 못 알아들었지만, 나는 경전철 안의 분위기가 좋았다. 자폐 청년과, 그 청년을 취재하러 온 두 동양인과, 농구를 좋아하는 아메리카 원주민과, 자전거의 프레임과 바퀴를 따로 사서 이제 곧 그 자전거를 조립할 생각에 들떠 있는 노동자들(아버지와 아들이었을까?)이 따갑지만 습하지 않은 애리조나의 햇살이 환하게 비치는 경전철 안에 있는 그 시간이 좋았다.

\* \* \*

글을 쓰는 과정은 새로운 언어를 익히고 시험해 보는 과정이라고도 할 수 있다. 앤드루 솔로몬은 자신이 너무나 잘 이해하고 있는 성소수자의 세계와 관련된 언어는 익힐 필요가 없었다. 하지만 소인증, 청각 장애, 자폐 스펙트럼 등의 세계는 그가 전혀 이해하지 못하는 세계였다. 그 세계들에 속한 다양한 사람들이 그들끼리 '수평적 정체성을 지니고 있다'는 공통점을 발견한 그는 이야기를 듣기 시작했고, 이해의 과정을 새로 익힌 언어로 남겼다. 이 책을 쓰는 데 10년이 걸린 이유다. 그는 서두르지 않았다. 섣불리 자신이 이해한 바를, 혹은 이해했다고 스스로 생각한 바를 떠드는 것보다 타인들의 세계에 충분히 귀를 기울이는 것이 먼저였으므로.

통계 자료를 수집하기도 했지만 개인적인 진술에 주로 의

지했다. 숫자가 흐름을 암시한다면 이야기는 혼돈을 보여 주기 때문이다.(84쪽)

우선은 단어에 굶주려 있던 경험들에 책 한 권만큼의 말들을 허락하는 것이 이 책의 목표였을 테지만, 그게 전부는 아니다. 300여 가정이 겪었던 경험의 이야기들은 하나의 주제로 모아지지 않는다. 결국 자식을 받아들이게 된 부모가 있고, 끝내 자식을 바꾸려는 시도를 포기하지 못한 부모가 있다. 각종 사례에 대한 의학적, 과학적 연구 결과들이 제시되고, 해당 사례에 관련한 역사적 사실들이 등장한다. 이 모든 '이야기들'이 펼쳐지는 1000쪽이 넘는 책은 당연히 혼란스럽다. 그리고 앤드루 솔로몬은 그것이 이 책이 의도한 바라고 말한다.

미국 출장에서 돌아와 국내 촬영과 편집 작업 등이 이어졌고, 앤드루 솔로몬의 책 제목을 빌려 온 다큐멘터리의 제작은 무사히 마무리되었다. '타인을 어떻게 이해할 수 있는가?'라는, 기획 단계에서 나를 사로잡았던 질문에 대한 답을 찾았느냐고 누가 묻는다면, 답은 못 찾았지만 방향은 찾은 것 같다고 대답할 수 있다. 10년 동안 300여 가족을 인터뷰하고 나서 앤드루 솔로몬이 내린 결론은 '이야기는 혼돈을 보여 준다.'라는 것이었다. 1년 동안 이례적인 가족을 30~40여 사례 만난 나 역시 그 혼돈을 경험하였다. 그리고 앤드루 솔로몬이 10년 동안 했던 경험의 10분의 1쯤 겪어 본 지금, 이야기가 혼돈을 만들어 낸다는 것이 어떤 의미인지 알게 되었다. 그가 섣불리 숫자를 들이밀며 흐름을 제시하려 하지 않았던 것이 어떤 마음에서였는지도 알 것 같다. 그동안 알고 있던 어떤 단어의 의미가 달라지면서 생기는 혼돈을 드러내려던 것이었을 터다. 조를 만난 후, 내 안에서 '자폐'라는 단어의 뜻이 달라졌던 것처럼 말이다. 조는 조만간 간호조무사 공부를 시작할 거라고 했다. 왜 간호사가 좋으냐고 물었더니 이렇게 답했다. "다른 사람들을 도와주는 것을 좋아하면 간호사가 저한테 잘 맞을 거라고 하더라고요. 그래서 저는 '맞아.'라고 했죠. 저는 살면서 늘 사람들을 돕고 싶어 했어요."

\* \* \*

어떤 경험들은 여전히 단어에 굶주려 있다. 그건 어떤 이들의 경험은 같은 특징을 지닌 이들끼리의 수평적 모임을 벗어나는 순간, 제대로 전달되지 못한다는 뜻이고, 그런 까닭에 외부인들의 편견에 따라 제멋대로 해석된다는 뜻이기도 하다. 앤드루 솔로몬의 책에 나오는, 그리고 내가 제작하고 있던 다큐멘터리에 등장하는 인물들의 경험이 대표적이다. 그들의 경험이 단어에 굶주려 있다는 것은 사회적인 의미에서 그들의 경험이 온전히 대접받지 못하고 차별받고 있다는 뜻이며, 개인 대 개인의 관계에서는 내가 아직 상대의 언어를 익히지 못했다는 뜻이다. 외부인의 세계에서도 편견 없이 받아들여질 수 있는 정확한 언어가 찾아지지 않은 경험을 전하는 이는 자신의 이야기를 어눌하게, 조심스럽게 풀어 갈 수밖에 없다. 우리 사이에 공통의 언어가 아직 없기 때문에 그의 이야기는 듣는 내게 낯설다. 내가 익히지 못한 단어들, 혹은 내가 알고 있는 뜻과 다른 의미로 쓰이고 있는 단어들이 모여 이야기가 될 때, 그 이야기가 내 안에 혼돈을 만들어 내는 것이 당연하다. 그 혼돈을 두려워하지 않고 받아들일 때, 그리하여 내 안의 단어들의 지평이 넓어질 때, 나는 성장할 것이다. 조는 간호사가 되어 다른 사람들을 도와주고 싶다고 했다. 하지만 그를 만난 이틀 동안 그가 나에게 준 '도움'은 간호사가 환자들을 도와주는 것과는 다른 성격의 도움이었다. 그는 자신의 이야기를 해 줌으로써 나의 지평을 넓혀 주었다는 의미에서, 그리하여 내가 성장할 수 있게 해 주었다는 점에서 나를 도와주었다. 조를 만나기 이전과 이후에, 자폐인을 대하는 나의 자세가 달라졌기 때문이다. 조는 내게 환대의 의미를 다시 한번 생각하게 했다.

환대란, 나에게 해를 끼치지 않은 사람에게 미리 적대적인 마음을 갖지 않는 것 아닐까? 그렇다면 환대는 이해 여부와 상관없이 우선 타인에게 '당신을 해칠 마음이 없습니다.'라고 표현하는 것에서 시작될 것이다. 피닉스의 경전철 안에서 조와, 나와, 아메리카 원주민과, 백인 노동자들은 서로를 환대하였고, 서로의 언어에 귀를 기울임으로써 서로를 도와주었던 것 같다. 어쩌면 단어에 굶주려 있었을지도 모르는 우리들 각자의 경험은, 그 순간만큼은 배고프지 않았다.

# 실패할 수밖에 없었던
# 인터뷰

비가 온다. 인터뷰 준비를 하던 우리는 카메라를 내려놓고 멍하니 앉아 있다. 오전 근무조가 모두 퇴근해 버린 고무가공 공장에는 사람이 거의 없고, 고무 원액과 화학 약품 냄새만 강하게 남아 있다. 공장에 촬영을 나왔던 첫날, 관리자는 숙소에 돌아가면 가장 먼저 옷부터 세탁하고 곧장 샤워도 하라고 당부했다. 그러지 않으면 옷과 몸에서 냄새가 빠지지 않을 거라고. 사흘쯤 지나니 처음엔 숨이 막힐 것 같았던 그 강한 냄새도 아무렇지 않다. 웬만한 학교 운동장보다 넓을 것 같은 공장의 지붕은 양철로 덮여 있고, 사방 어디에도 담은 없다. 그러니 어디를 둘러봐도 빗줄기가 보이고, 양철 지붕을 때리는 빗소리가 크게 울린다. 온몸의 감각으로 다른 세상에 와 있음을 실감한다. 한낮의 열대에 내리는 빗줄기도, 그 빗줄기가 홑겹 양철 지붕을 때리는 요란한 소리도, 공장을 가득 채운 고무나무 수액의 강한 냄새도 모두 내게는 낯설다. 해야 할 일을 생각하면 얼른 비가 그치기를 바라야 하지만, 텅 빈 공장에 앉아 이런 낯선 감각으로 가득한 세상을 경험하고 있는 나는 조금은 더 그렇게 가만히 있어도 괜찮겠다고, 일이야 어떻게든 되겠지, 라고 생각한다.

\* \* \*

지금 터키는 좌익이니, 우익이니 하며 테러질만 하고 있어요⋯⋯. 머리만 쓰는 사람들뿐이에요. 못써, 못써. 인간은 고깃덩어리예요. 감정이 제일 중요해⋯⋯.(후지와라 신야, 김욱 옮김, 『동양기행 I』(청어람미디어, 2008), 145쪽)

사진가이자 에세이 작가인 후지와라 신야의 『동양기행』은 작가가 1981년에서 1982년에 걸쳐 약 400일 동안 이스탄불에서 서울까지 동양을 여행하며 남긴 사진과 글을 모은 책이다. 원제는 '동양의 모든 거리(全東洋街道)' 정도의 뜻인데, 나는 이 제목을 더 좋아한다. 글의 성격도 훨씬 잘 드러낸다. 거리. 그는 유명 관광지나 유적지를 찾아가지 않는다. 언제나 길거리에 머물 뿐이다. 관광객을 맞이하는 데 익숙한 상인들이 있는 곳이 아니라, 그야말로 현지인들이 살고 있는 곳으로 그는 곧장 들어간다.

후지와라 신야의 관심은 대체로 사람들의 몸이고, 그 몸을 낳은 섹스와, 그 몸을 유지하기 위해 현지인들이 먹는 먹거리다. 유난히 여성의 몸과 음식을 찍은 사진들이 많다. 그 사진들은 40년 전에 찍은 것임을 감안하고 보더라도, 전혀 '탐스러워' 보이지 않는다. 싸구려 조명 아래 여성의 몸은 부담스럽고, 낯선 재료를 낯선 방식으로 조리한 음식들은 역겨워 보일 때가 많다. 이를테면 양의 머리를 좌우로 쪼갠 다음 그대로 익혀 낸 터키 요리 사진에서는 양의 눈동자가 카메라 쪽을 향하고 있는 식이다. 그의 사진이 가진 힘은 이처럼 아무런 장식도 하지 않은 현지의 대상들이 지닌, 날것 그대로의 물성이다. 이 사진들은 독자에게 이렇게 묻는 듯하다. '당신은 이것들을 마주할 수 있는가? 아무런 환상이나 속임수 없이, 당신의 몸으로 이 물질적인 세계에 부딪칠 수 있겠는가?' 격물치지(格物致知)라는 말에서 格에는 '대적하다, 부딪치다'라는 의미가 있다. 같은 格 자가 격투(格鬪)에도 쓰이는 것을 보면, 그것은 몸의 부딪침을 전제로 하는 동사라고도 할 수 있다. 그렇게 격물치지를 '사물에 부딪쳐 그 이치를 아는 것'으로 해석한다면, 후지와라 신야의 글은 그러한 격물치지를 가장 잘 보여 주는 본보기다. 부딪는 행위, 부딪침을 통해 상대를 알아 가는 것은 글이 아니라 몸이다. 글은 그 몸의 경험을 옮겨 낼 뿐이다. 여행을 하는 그의 자세도 그러하다.

지난 1년간 나는 누구나 들고 다니는 평범한 카메라 한 대와 단 한 개의 렌즈만으로 동양의 거리를 돌아다녔다. 삼각대도 사용하지 않았다. 삼각대는 기계의 다리일 뿐, 내 다리는 아니라고 생각했다. [……] 사진을 찍으려고 할 때 피사체가 내 뺨을 때리려 한다면 언제든 때릴 수 있고, 웃고 싶다면 언제든지 웃을 수 있는 거리에서 사진을 찍어야 한다고 믿는다.(『동양기행 2』, 261~264쪽)

무서운 자세다. 그런 자세로 찍은 사진들을 보면, 그리고 그가 외국의 길거리에서 겪은 일화들을 보면 그 자세가 허세가 아님을 알 수 있다. 후지와라 신야는 이스탄불의 어느 식당에서 음식값을 놓고 실랑이를 벌이다 칼을 맞기도 하고,

청량리에서 자신을 방으로 끌고 가려는 나이 든 성매매 여성과 몸싸움을 벌이기도 한다. 비슷한 시기에 출간된 작가의 다른 책 『메멘토 모리』에는 이런 장면이 나온다. 인도의 바라나시에서 불을 붙여 갠지스강에 흘려보내는 시체들을 찍을 때의 이야기다. 강 중간에 작은 섬이 하나 있어 강물을 따라 흘러가던 시체들이 그 섬에 걸려 버린다. 거기엔 어쩌다 그 섬에 흘러 들어간 야생 개들이 살고 있다. 개들의 주식은 당연히, 불에 타고 썩어 가는 인간의 시체다. 후지와라 신야는 홀로 그 섬에 사진을 찍으러 들어간다. '개를 찍을 때는 개의 눈높이로'라는 신조를 가지고 있기 때문에 무릎을 꿇고 기어 다닌다. 한 손에 카메라를, 다른 한 손에는 개가 공격할 경우를 대비해 무기를 하나 집어 드는데, 그 섬에서 무기로 쓸 수 있는 것은 백화된 시체에서 떨어져 나온 종아리뼈 정도밖에 없다. 그런 사진작가다. 카메라와 시체의 종아리뼈를 각각 양손에 들고, 무릎을 꿇고 기는 자세로, 시체와 시체를 뜯어 먹는 들개 떼를 향해 '몸으로' 다가가는 작가. 이 정도면 노력이라기보다는 거의 기질이다.

＊＊＊

열대의 소나기가 내리기 전만 해도 우리는 인터뷰를 준비 중이었다. 말레이시아 투아란 지역의 고무나무 농장을 찍고, 농장에서 채취한 고무나무 수액을 커다란 고무 덩어리로 1차 가공하는 공장을 촬영하는 출장을 와 있었다. 인터뷰 대상은 공장의 여자 직원 두 명. 오전에 일하는 모습을 살피면서 나와 촬영 감독이 한 명씩 미리 정해 둔 참이었다. 공장 안은 소음이 심해서 오전반이 퇴근한 후에 따로 인터뷰를 진행하려고 잠시 기다려 달라고 했는데, 비 때문에 소음이 더 심해졌다. 공장 내의 다른 사무실을 모두 살펴봤지만 빗소리는 어떻게 해도 피할 수 없었다. 그렇게 30분 정도를 기다려 보다가 포기했다. 준비해 두었던 인터뷰 비용을 두 사람에게 지급하고 인터뷰는 다음에 하기로 했다. 그때가 오후 2시쯤이었다. 하루를 그렇게 날릴 수는 없었다. 일단 두 사람의 집으로 가서 공장과는 다른 그림들을 찍어 보기로 했다.

투아란 고무 공장의 노동자들은 대부분 인근 지역에 사는 보르네오섬 원주민들이고, 이들의 조상은 밀림에서 화전을 일구며 지내던 사람들이다. 영국 식민지 시절에 대규모 고무나무 농장이 생기면서 고무 채취도 하게 되었는데, 원래는 집에서 고무 채취와 1차 가공까지 다 했지만, 대규모 가공 공장이 생기면서는 아예 공장 직원으로 일하는 경우가 많아졌다. 오토바이를 타고 출퇴근하는 사람들도 많지만, 여성들은 대부분 공장에서 제공하는 셔틀을 타고 출퇴근했다. 우리와 인터뷰를 하기로 한 두 여성 중 한 명은 "출퇴근이 편해서" 시내의 쇼핑몰에서 일하다가 공장으로 옮겼다고 했다. 투아란 시내까지 다니려면 교통수단을 여러 번 바꿔 가면서 두 시간을 가야 했다.

그 셔틀이라는 것이 우리가 생각하는 버스가 아니다. 그냥 소형 픽업트럭의 짐칸에 벤치처럼 긴 자리를 만들고 천으로 지붕을 얹은 것이 전부다. 그런 짐칸에 이웃에 사는 열다섯 명가량의 직원들이 빼곡하게 앉아서 출퇴근을 했다. 그 셔틀에도 노선이 있는지는 모르겠지만, 키나발루산의 산길을 따라가면서 정해진 장소에서 몇 명씩을 태우고 내렸다.

인터뷰를 하기로 한 첫 번째 여성의 집 앞에서 셔틀이 멈추고 그녀와 함께 몇 명이 내렸다. 촬영용 차량으로 따라가던 우리도 차를 세우고 촬영 준비를 했다. 산속에 자리 잡은 평평한 지역에 나무로 지은 집들이 몇 채 들어서 있었고, 그 앞에는 텃밭처럼 보이는 땅도 있었다. 더위 때문인지 습기 때문인지 집의 1층 부분은 필로티처럼 비어 있었고, 사람들은 대부분 2층 공간에서 활동했다. 별도의 난방은 필요 없어 보였고, 전기만 어디에서 끌어와 쓰는 것 같았다. 비가 어느새 그쳐 있었다.

첫 번째 여성은 말이 별로 없었다. 촬영 감독이 인터뷰를 하고 싶다고 했던 이였다. 그날 공장에서 그녀는 건조된 고무 덩어리를 규격에 맞게 잘라서 압축하는 공정에 투입되었다. 찜통 같은 건조기에서 다섯 시간 동안 건조된 고무는 얼핏 커다란 약밥이나 브라우니처럼 보이는데, 한 덩어리의 무게가 15~20킬로그램 사이이다. 이것을 표준화된 35킬로그램짜리 덩어리로 만들기 위해 보통 두 덩이를 한데 놓고 조금 잘라 내기도 하고, 잘라 두었던 조각을 덧붙이기도 한다. 키가 150센티미터도 안 되는 듯한 이 직원이 긴 정글 칼로 고무 덩어리를 쓱쓱 자르고, 35킬로그램에 맞춘 고무 덩어리를 안아 옮기던 모습은, 힘들어 보인다기보다는 어딘가 어색해 보였다. 보라색 히잡을 두른 이 직원은 오전 내내 아무 표정이 없었다. 물론 촬영 감독은 그 무뚝뚝함이 마음에 들어 인터뷰를 하고 싶었을 것이었다. 촬영 준비를 마친 후, 일을 마치고 집에 오면 보통은 무슨 일을 하냐고 물었더니 직원은 먼저 기도를 하고, 청소하고, 식사 준비를 한다고 했다. 평소에 하던 대로 하면 우리가 알아서 찍겠다고 하고 촬영을 시작했다.

그녀는 이슬람교도였다. 출연료를 전달하기 위해 신상 정보를 확인할 때 보니 나와 동갑이었다. 열다섯, 중학교를 졸업하던 해에 인도네시아에서 건너온 여덟 살 연상의 남편과 결혼해서 그사이 다섯 명의 자녀를 낳았고, 투아란 시내의 미용실에서 일한 적도 있었고, 틈틈이 고무 원액 채취를 하며 아이들만 키우던 시절도 있었고, 5년 전 남편이 심장 발작을 일으켜 일을 할 수 없게 되면서는 다시 고무 공장에 다니고 있었다. 이런저런 질문 끝에 앞으로 바라는 일은 무엇인지 물었다.

"제가 바라는 건 아이들이 모두 잘되는 것밖에 없습니다."

여자의 답을 듣고 잠시 뜸을 들인 후에 나는 다시 물었다. 정말로 궁금했다.

"당신 자신을 위해서는요?"

이번엔 여자도 뜸을 들이며 생각해 보고서 대답했다.

"저 자신을 위해서는…… 모르겠습니다."

그렇게 대답하며 그녀는 거의 처음으로 웃음을 터뜨렸다. 그 대답, 그리고 이어진 웃음을 어떻게 해석할지는 듣는 이의 몫이다. 나는 그 웃음이 아마도 후지와라 신야가 말한 '방임'의 웃음이었을 거라고 생각한다. 앞으로 자신의 일에 대해서는 "모르겠습니다."라고 대답하는 동갑의 여성 앞에서 나는 '졌다.'라는 생각을 하고 있었다. 이런 삶 앞에서는 도무지 당해 낼 수가 없다고…….

＊＊＊

그렇다면 동남아시아의 불교도들은 물질적 탐닉에 집착하는 인간의 욕망을 무엇으로 제어하고 있을까. 그것은 방임이다. 내버려 두면 모든 것이 순조롭게 돌아온다는 믿음이다. 이 믿음은 동남아시아의 자연환경이 그들에게 전수해 준 매우 불교적인 지혜라고 할 수 있다.

방임은 서양인이 말하는 주의(主義)에 해당하는 개념이다. 하지만 그들은 주의마저 방임하고 있다. 나쁘게 말하면 될 대로 되라는 것이다. 모든 게 귀찮고 향상심이 없다. 좋게 말하면 극도의 자비다.(같은 책, 276쪽)

방임의 반대말은 뭘까? 집착? 가끔은 언어도 집착이라는 생각이 든다. 집착은 두려움의 이면이기도 하다. 어떤 대상에 집착한다는 것은 그 대상이 없는 상황을 두려워하고 있음에 다름 아니니까. 그러니 '좋게 말해서' 방임이 극도의 자비라면, 집착은 그 반대인 고통이라 할 것이다. 그렇다, 불교다. 후지와라 신야도 불교도다. 언어도 집착이라면, 언어는 그저 고통과 번민의 다른 말일 뿐이다. 깊이 있는 성찰과 불필요한 번민은 어디서 나뉘는가? 그 질문 앞에서 나는 내 밖을 묘사하는 언어와 내 안을 설명하는 언어의 차이를 떠올린다. 그리고 점점, 나의 내면을 설명하는 언어보다는 내 바깥의 세계를 묘사하는 언어 쪽으로 기울고 있는 나를 발견한다. 그래서, 논픽션이다.

코타키나발루는 세 번째였다. 처음 코타키나발루에 왔을 때 놀랐던 것은 원주민들에게 언어는 있지만, 문자가 없다는 사실이었다. 지금도 말레이시아에서는 알파벳을 빌려 와 소리 나는 대로 표기하고 있다. 커피를 kopi라고 쓰는 식이다. 지역에 따라 알파벳 대신 아랍 문자를 쓰는 곳도 있다. 한 가지 더 신선했던 점은 아직 키나발루산 주변 지역에서는 인구 조사가 제대로 이루어지지 않는다는 것이었다. 현지 코디네이터의 말에 따르면 "굶어 죽거나 얼어 죽을 일이 없는 지역"이기 때문이었다. 배가 고프면 밀림에서 열매를 따 먹으면 되고, 잠은 아무 데서나 자도 된다. 코디네이터는 "혁명이 불가능한 지역"이라고도 했다. 후지와라 신야가 말한 '방임' 역시 그런 조건에서 나왔을 것이다. 굶어 죽거나 얼어 죽는 일이 없는 삶에는 문자도 혁명도 필요 없는 걸까? 혁명은 더 나은 삶을 위한 변화를 바라는 마음이고, 그런 변화를 현실에서 이루어내려는 행동일 것이다. 그것은 아직 오지 않은 독자에게 쓰는 글처럼, 가능성에 대한 기대다. 하지만 그 가능성이라는 것이 혁명을 꿈꾸는 이가, 혹은 글을 쓰는 이가 홀로 상상하는 가능성일 뿐이라면?

열다섯 살에 결혼을 해서 아이를 다섯 명 낳고, 몸이 불편해진 남편을 대신해 자기 몸무게와 그리 차이가 나지 않을 고무 덩어리를 들고 작업하는, 나와 동갑인 여성에게 "당신 자신과 관련하여 원하는 것은 없습니까?"라고 물었던 내 질문은 그녀가 '열다섯 살에 결혼하지 않았더라면, 아이를 다섯이나 낳지 않았더라면, 투아란 시내의 미용실 일을 그만두지 않고 아예 거처를 시내로 옮겼더라면 당신의 삶은 어땠겠습니까?'라고 묻는 것과 다름없었다. 그건 그녀가 이룰 수도 있었던 다른 가능성에 대한 질문이었다. 그리고 그런 질문을 한 것은 트럭의 짐칸에 실려 밀림 속으로 30분을 달려 들어가면 나오는 허름한 목조 주택에서, 몸이 아픈 남편과 함께 지내는 생활이 적어도 나의 기준으로는 '좋은 삶'이 아니라고 판단했기 때문이다. 나는 그런 삶을 살 수 없을 것 같았기 때문이다.

내가 상상한 가능성을 그녀 역시 생각해 본 적이 있었다면 그녀는 나의 질문에 다르게 반응했을 것이다. 하지만 "모르겠습니다."라는 그녀의 대답은, 정말 그런 것은 생각해 보지 않은 사람의 대답이었다.

혁명의 언어는 때로는 무례하고, 자주 무력하다. '더 나은 삶'이라는 것이 사람마다 다르기 때문이다. 더 나은 삶이라는 것은 어떤 사람이 그때까지 살아온 몸의 경험과 감각에 따라 결정된다. 나의 질문은 상대의 몸의 경험, 감각의 경험을 내 몸과 감각으로 경험해 볼 수 있을 만큼의 시간을 가지지 않은 상황에서, 함부로 던지는 질문이었다. 그런 언어가 힘을 가질 리 없다.

거지라고 다 같은 거지가 아니다. 이와 같은 현실을 무시한 채 1만 명의 거지를 만나게 된다면 1만 개의 연필을 주겠다, 라는 식으로 생각하는 것은 캘커타의 거지들을 얕보는 행동이다. 개인의 인격은 나와 다른 개인의 인격과 대면했을 때 비로소 뭔가를 느끼고, 행동하게 된다.(『동양기행 1』, 254쪽)

캘커타에 거지들이 너무나 많은 것을 본 후지와라 신야는 말한다. 그리고 양쪽 안구가 모두 없는 맹인 거지를 세 시간 동안 따라다닌다. 그가 얼마나 버는지 궁금했던 것이다. 외국의 도시에서 거지를 세 시간 동안 따라다니는 자세는 아무나 취할 수 있는 것이 아니다. "나와 다른 개인의 인격과 대면"하려는 태도 앞에서 '나는 1만 명의 거지를 만나면 1만 개의 연필을 나누어 줄 거예요.'라고 우아하게 말하는 것은 얼마나 경솔하고 무례한가? 그런 문장은 타인과의 만남이 아니라, 타인을 통해 확인하는 자기만족이나 다름없다. 얼마나 많은 문장들이 이런 자기만족에 그치고 있을까?

\* \* \*

이번 다큐멘터리에서는 모든 출연자의 손을 따로 찍고 있었다. 앞으로 내민 출연자의 손바닥을 아무런 설명 없이 10초쯤 보여 주고 싶었다. 이런 표현을 쓸 수 있다면 '손이 하는 말'을, 손에 남은 몸의 기억을 보여 주고 싶었다. 나와 동갑인 여성이 지금까지 살아오면서 손으로 '만난' 것들, 그리고 모든 만남이 그렇듯 각각의 만남이 그녀의 손에 남긴 흔적들을 상상해 보고 싶었다. 어릴 때부터 만져 왔을 키나발루산의 흙과 나무들, 결혼을 결심하고 잡았을 남편의 손, 뚜아란 시내의 미용실에서 일할 때 만졌을 손님들의 머리칼, 지금 매일 만지고 있는 고무 덩어리의 끈적거림, 며칠이 지나도 지워지지 않는다는 냄새와 끈적함의 흔적들. 손바닥에서 그 흔적이 보이지 않는다면, 적어도 그런 만남들이 있었음을 이야기하고 싶었다. 그 여성의 삶을, 그 삶에 있었을 가능성들을 이야기하려면 그 손에서, 그 손이 만났던 세계를 상상하는 것에서부터 시작해야 한다고 생각했다.

공장 관리인은 우리에게 숙소에 돌아가면 먼저 몸을 씻어 냄새를 지우라고 했지만, 오히려 그 냄새를 지우지 않고 있을 때 비로소 나는 그곳 사람들에게 제대로 질문할 수 있었던 것인지도 모른다. 공장에서 그녀의 집까지 오는 키나발루산의 산길을 겪고, 판자로 지은 그녀의 집에 가득한 습기에도 익숙해져야 했다. 달라진 몸의 감각을 받아들인 후에야, 우리의 언어도 비로소 소통할 수 있을 것이기 때문에.

"저 자신을 위해서는…… 모르겠습니다."라고 말하는 그녀의 대답 앞에서 나는 언어의 무력함을 확인하고 돌아설 수밖에 없었다. 고통을 말하는 언어는 그 고통이 없는 삶에 대한 바람일 것이다. 꿈과 희망을 말하는 언어는 그것이 이루어진 상황에 대한 기대다. 하지만 그런 바람과 기대에 대한 내 질문이 나의 세계에서 한 발짝도 나가지 못하는 것이라면, 인터뷰나 대화에 무슨 소용이 있을까? 어쩌자고 언어는 이토록 무력한가?

$$* * *$$

문장(文章)이 세상을 바꿀 수 있는가? 단호히 말할 수 있다. 그럴 수 없다고. 문장은 사람을 바꿀 수 있을 뿐이고, 세상을 바꾸는 건 그 사람이다. 문장 하나가 세상을 바꿀 수 있다고 주장하는 사람들 대부분은, 자신이 살아가고 있는 세상을 더욱 공고하게 다지고 있는 경우가 많다. 그러니 어떤 문장은 기존의 세상을 더욱더 닫히게 한다.

코타키나발루에서 만난, 나와는 너무나 다른 삶을 살아온 여성을 인터뷰한 후에 나는 그렇다면 언어는, 글은 무엇을 해야 하는가 하는 질문을 떠올렸다. 언어가 전혀 쓸모없는 것은 아닐 것이다. 하지만 언어가 쓸모를 가지려면, 언어는 내 안이 아니라 나의 바깥을 향해야 한다. 그리고 언어보다 먼저 몸으로 상대에게 다가가야 한다. 나의 세계에서 벗어나지 못한 질문을 섣불리 던질 게 아니라, 상대가 살고 있는, 그가 살아온 세계를 나의 몸으로 겪어 보는 일이 먼저일 것이다. 그럴 때 언어는 우선 그 몸이 다른 세상에 부딪친 경험을 기록하는 정도의 역할만 해야 한다. 후지와라 신야의 『동양 기행』 전체가 바로 그런 기록이다.

회교도의 눈초리와 양의 눈초리가 매우 유사하다는 것을 발견한 적이 있는가. 회교도가 평생 양고기를 먹기 때문에 양의 눈을 닮은 것이 아니다. 동일한 풍토와 환경에서 생육하는 동물들에게서 동일한 안광(眼光)이 발생하게 된 것뿐이다.(같은 책, 234쪽)

다른 풍토와 환경에서 살아온 사람들의 삶에 대해 이야기할 때, 우리는 먼저 그들과 같은 '안광'을 가질 수 있도록 우리의 몸을 준비해야 할 것이다. 후지와라 신야의 표현을 빌리자면 "동일한 풍토와 환경에서 생육"하는 경험이 먼저다. 언어는 그다음이다. 며칠이라도 더 이슬람교도 여성의 출퇴근 차를 함께 타고 다닌 후에 인터뷰를 진행했으면, 내가 좀 더 예의 바른 질문을 하고, 그녀가 좀 더 적극적으로 대답했을지도 모른다. 그런 준비의 시간이 충분하지 않았을 때, 같은 안광을 지니지 못한 외부인의 언어는 소통에 실패할 수밖에 없다.

# 안으로부터의
# 이야기

트랜스젠더를 직접 만나는 것은 처음이었다. 정확히는, 성 재지정 수술(sex reassignment surgery)까지 마친 트랜스젠더를 만나는 것이 처음이었다. 누구나 때로는 자신을 있는 그대로 받아들이지 못하는 순간들이 있는 것이고, 어떤 성소수자들의 경우에는 그것이 성정체성이나 성적 지향의 문제일 뿐이라고, 그러니 경계할 것도 조심할 것도 없이 똑바로 마주하면 된다고 생각하고 나간 자리였다. 머릿속으로는 그랬다.

M 씨는 남자의 신체 특징을 가지고 태어났지만 여섯 살 때부터 스스로를 여자라고 생각했다. 부모님이 바라는 아들의 모습으로 지내다가 서른이 넘은 나이에 더 이상 자기 자신

의 모습을 숨기지 않기로 했다. 일단 결심을 하고 난 후에는 머뭇거리지 않았다. 호르몬 치료부터 시작해서 2, 3년 만에 생식기 재건 수술까지 모두 마치고 이제 법적 성별 정정만 남겨 놓고 있었다. 조심스럽게 섭외 전화를 했을 때 숨길 것도 없고, 하고 싶은 말도 많다고 적극적으로 만나자고 했다. 그렇게 만들어진 자리였다.

M 씨는 키가 크고 날씬했으며, 눈, 코, 입은 성형외과 광고 모델처럼 또렷했다.(가슴과 생식기 수술 전에 안면 윤곽 수술을 먼저 받았다고 나중에 이야기해 주었다.) 그녀가 되고 싶은 '여성'의 모습이 그랬던 모양이라고만 생각했다. 다만 목소리만은, 아무리 연습을 해도 아직 완전히 '여성의 톤'으로 낼 수 없다고 아쉬워했다. 명함을 건네고 자리에 앉으려는데 M 씨가 악수를 하자며 손을 내밀었다. 악수는 자연스러운 인사이지만, 나는 미처 그 상황은 대비하지 못했다. 정확하게는 생각으로만 대비했을 뿐 나의 몸은 아무런 대비도 하지 않고 있었다. 나도 모르게 몸을 움찔했다. 몸의 접촉이란 그런 것이다. 머리와 마음으로 아무리 준비를 했다고 해도 몸의 마주침은 그렇게 모든 준비를 소용없는 것으로 만들어 버린다. 내가 움찔했던 시간이 얼마나 길었을지 모르겠지만 M 씨가 알아차릴 수 있을 만큼은 됐을 것이다. 그는 불쾌한 내색을 하지

않았고, 나도 그런 순간이 없었던 것처럼 일 이야기를 시작했지만, 방송을 제작하면서 그를 만나는 내내 미안함이 마음에 남았다. 나는 부끄러웠다.

\* \* \*

한 인간의 역사에 대해 이러한 기술을 한다면, 자신의 존재를 걸고 그 의미를 명백히 해야만 할 것이다.(이시무레 미치코, 서은혜 옮김, 『신들의 마을』(녹색평론사, 2015), 227쪽)

『신들의 마을』은 이시무레 미치코가 자신의 고향 마을이기도 한 큐슈 미나마타시의 수은 중독자들의 삶과 투쟁을 기록한 '고해정토' 3부작 중 두 번째 책이다. 미나마타병은 미나마타에 세워진 신일본질소회사(이하 '짓소')에서 방류한 폐기물에 포함되어 있던 수은이 인근 해안의 어패류에 축적되고, 그 어패류를 먹은 마을 주민이 집단적으로 수은에 중독되면서 발생한 환경 재해다. 환경문제를 다루는 교과서에서 단골로 등장할 만큼 유명한 사건이었고, 나는 일본 사진가 구와바라 시세이와 미국 사진가 유진 스미스의 사진으로 이 사건의 '이미지'도 알고 있었다. 두 사진가의 사진은 말 그대로 '강렬'하다. 하지만 그 강렬함이 사진을 감상하는 사람들 안에서 기억되는 맥락은 제각각일 수밖에 없다. 사진의 한계라고도 할 수 있겠다. 그런 이미지를 기억하고 있던 나에게, 이시무레 미치코의 문장은 그 강렬한 인상이 있어야 할 자리, 혹은 그 인상이 가서 붙어야 할 맥락을 찾아 주었다고 할 수 있다. 타인의 삶을 기록한 이미지나 텍스트에서 강한 인상을 받았을 때, 그 정서에도 '제자리'라는 것이 있다고 말하는 텍스트가 『신들의 마을』이다.

그런 까닭으로 이러한 일들은 모조리 '사적인 일'에 불과하다. 미나마타병 사건은 나에게는 '사적인 일'의 일부에 지나지 않는다. '사적인 일'의 일부를 지니고 공적인 일의 그림자 속으로 들어갈 뿐이다.(64~65쪽)

전 세계 교과서에 실릴 정도로 유명한 '사회적 사건'이 자신의 "사적인 일"이라고 밝히는 작가의 마음은 어떤 것일까? 이시무레 미치코는 처음부터 '작가'의 자격으로 미나마타병 환자들의 가족을 만나러 갔던 것이 아니다. 병의 실태를 조사하는 시청 직원에게 부탁하여 그와 함께 환자들을 만났고, 환

자들은 물론 외부에서 그녀를 지켜보던 사람들도 작가를 보건복지부 직원으로 알고 있었다고 할 정도였다. 당시 이시무레 미치코에게 이 사건의 실상을 세상에 알리겠다는 마음이 얼마나 있었는지는 알 수 없다. 하지만 적어도 그녀는 구와바라 시세이나 유진 스미스와 달리(그들의 접근이 잘못되었다는 것은 아니다. 덧붙이자면, 구와바라 시세이는 처음 미나마타를 찾은 후 20년 동안, 그리고 유진 스미스는 외국인이었음에도 3년 동안 정기적으로 현지를 방문하며 미나마타병 환자들의 사진을 찍었다.), '외부의 시선'으로 그 공동체를 바라보지 않았다. 일본 열도의 '변경(邊境)'이라는 공간적 위치(벤쿄(へんきょう, 邊境)는 그녀가 '고해정토' 시리즈를 연재한 잡지 이름이기도 하다.)나, 봉건사회에서 벗어나 제국주의를 거쳐 공업화를 향해서 달려 나가던 시간적 위치에서 그녀는 한 걸음도 벗어나지 않는다. 그리고 그러한 공간적, 시간적 위치 안에 있는 미나마타라는 도시, 그곳에서 독처럼 생겨난 미나마타병을 철저히 '안으로부터 기록'하고 있다. 그리하여 내부에서 오랫동안 공동체의 삶을 지켜보지 않은 사람은 쓸 수 없는 다음과 같은 문장이 나왔을 것이다.

배 한 척 한 척이 최근 20년의 일, 아니 더 올라가 선조 대대의 일들을 싣고 있었다. 그것은 단순한 풍물이 아니었다.

사람들에게 하늘이란, 공화(空華)한 넋들이 있는 곳이었다. 배가 거기 있다, 고 하는 형태를 정하기 위해서는 하늘과 바다가 있어야만 하고, 배가 거기 나가기 때문에 바다도 하늘도 되살아났다.(134쪽)

\* \* \*

성소수자와 관련한 프로그램을 제작하기로 한 이상 당사자들을 최대한 많이 만나보고 싶었다. 성소수자부모모임(이하 '부모모임')은 성소수자 당사자들과 그들의 가족이 함께 성소수자의 인권과 당사자 및 가족의 지지를 위해 활동하는 모임이다. 전국 도시에서 열리는 퀴어 퍼레이드에 부모모임 이름으로 참가하고, "유튜브에 '성소수자'로 검색했을 때 혐오하는 사람들이 올린 동영상보다 먼저 부모모임의 영상이 뜨게 하는 것"을 목표로 이런저런 콘텐츠를 제작하기도 한다. 무엇보다 한 달에 한 번 정기적으로 모여서 자신들의 이야기를 나눈다. 나는 해당 모임을 참관하는 것이 가능하겠냐고 물었고, 모임 측에서는 반가움과 경계심이 섞인 반응을 보이며 우선은 "카메라 없이" 와 달라고 했다. 그렇게 한 달에 한 번 토요

일에 부모모임에 나갔고, 그렇게 1년 동안 그들의 이야기를 들었다. 매달 모임에는 처음 참가하는 부모들이 있게 마련이었다. 아들의 커밍아웃을 들은 후 '게이'라는 말이 입 밖에 나오지 않았던 어머니는 이제 모임의 사회를 볼 정도로 성소수자들의 세계가 자연스러워졌다. 커밍아웃한 아들을 '정상인'으로 돌려놓으려 애썼다는 어머니는 이제 처음 참석하는 이들에게 성소수자와 관련된 잘못된 정보들을 설명하는 강의를 했다. 처음 모임에 나온 사람들은 보통 자신의 사연을 이야기했다.

하루는 30대 중반 남성으로 보이는 사람이 혼자 참석했다. 그의 순서가 되었을 때 그는 "저는 트랜스젠더입니다. 첫 커밍아웃을 아내에게 했습니다."라고 입을 열었다. 순간 70여 명이 모인 공간에 정적이 흘렀다. 보통은 커밍아웃한 자녀들에게 다가가는 방법을 조언해 주었던 경험 많은 부모들도 그 사람에겐 해 줄 말이 없는 모양이었다. 다들 듣고 있을 수밖에 없었다. 당사자는 아내와 길게 이야기했고, "계속 함께 살기로" 결정했다고 했다. 두 사람은 해외에 나가서 살 준비를 하고 있었다. 나는 아무도 섣불리 조언하지 않고, 모두가 그 사람의 이야기에 귀를 기울이던 그 시간의 집중된 분위기가 좋았다. 그이는 흥분하지도 않고, 유창하지도 않게, 하지만 멈추지 않고 작은 목소리로 자신의 이야기를 해 주었다. 그 조용한 시간

에는 자신의 이야기를 자신의 말로 전하는 목소리와, 그 목소리를 귀 기울여 듣는 '집중'밖에 없었다. 신기하게도 그런 시간 동안에는 이야기를 하는 이나 듣는 이 모두 위안을 얻는다. 이시무레 미치코가 전하는 미나마타병 환자들과 가족들의 이야기를 읽고 있는 동안에도 그런 위안을 얻을 수 있다.

예를 들어 다카미 가츠요시는 어느 날 문득, 그물에 매달 '부표' 만들기에 몰두하기 시작한다. [……] 그의 고기잡이 도구는 대청마루 아래에 빽빽이 쌓이기도 한다. 시간의 축적이 거기에 있다. 그가 제작한 조그만 나뭇조각 하나, 아니 그 나뭇조각의 산은, 그이뿐 아니라 바다를 빼앗기고 고기잡이를 빼앗기고 모든 삶을 빼앗기고, 언어뿐 아니라 존재 그 자체를 빼앗겨 가고 있는 어부들의, 유일한 상형언어를 나타내고 있다.(227쪽)

가난하기만 했던 어부 가족들이 조상 때부터 해 오던 대로 생선과 어패류를 먹었을 뿐인데 세상에서 본 적 없던 '괴질'에 걸렸다는 것, 그리고 그 원인이 된 대기업과 그 대기업을 지원하는 정부가 환자들을 기본적으로 '처리'해야 할 대상으로 보고 있었다는 사실을 활자를 통해 확인하는 일에는 물론 화가 난다. 이시무레 미치코의 문장은 환자들을 처리 대상으로 보고 있는 짓소 및 일본 정부와 정반대의 자리에서, 그러니까 환자들이 살아온 공간 안에서, 그들이 겪어 온 삶을 그만큼의 시간 동안 함께 겪어 온 사람의 입장에서 그 삶들이 어떠했는 지를 기록하고 있다. 그것이 '안으로부터의 기록'이라는 점에서, 부모모임에 참석한 부모들이 풀어놓는 이야기에 귀 기울일 때와 같은 위안이 읽는 쪽에도 전해지는 것이다.

대상은 그 안에 시간과 공간을 담고 있지 않다. 그런 대상에 시간과 공간을 부여해 주는 것이 바로 이야기다. 짓소와 일본 정부가 대상으로, 다시 말해 숫자(환자 수, 보상 금액 등등)로 보고 있는 미나마타의 어민들은 이시무레 미치코의 '이야기'를 통해, 그들이 존재하는 시공간이라는 배경을 지니게 되고, 그 배경 안에서 온전한 모습으로 비로소 울림을 지닌 인간이 된다. 내가 생각하는 온전한 모습이란, 한 인간을 지금의 그이로 만들어 온 요소들 중에서 빠진 것이 없고, 편견이나 선입견, 혹은 다른 의도에 의해 왜곡되지 않은 모습이다. 짓소와 일본 정부는 미타마타병에 걸린 주민들에 대해 의도를 지니고 있었다. 그래서 환자들 105명의 상태를 기록한 '일람표'를 작성했다. 아마 그 표는 위로금이라는 숫자를 계산하기 위한 참고 자료였을 것이다. 거기 한 환자는 "20호.(역시 숫자다.—인용자) 자택에서 빈둥빈둥. 보행이 약간 곤란."이라고 기록되어 있다. 이시무레 미치코는 "자택에서 빈둥빈둥"이라고 묘사된 상태가 사실은 이제 더 이상 고기잡이를 나가지 못하는 어부가 그럼에도 이전부터 계속 해 왔던, 그물에 매달 부표를 만드는 작업을 하는 모습임을 알려 준다. 기업과 정부가 "빈둥빈둥"이라고 표현한 한 인간의 행동이 그가 평생 익혀 왔던 어떤 행위임을 알게 되었을 때 독자는 온전히 한 인간을 만나게 되고, 그때 온전한 인간이라면 누구나 지니고 있는 온기를 느끼고 위안을 받게 될 것이다. 서사 자체가 아무리 아프고, 분노할 만한 내용을 전하고 있다고 하더라도, 그런 온기를 담은 문장은 일단 위안을 준다.

할머니들은 역시나 곳곳에서 가사를 틀린다. 하지만 그래서 어쨌다는 말인가? 어긋난 단어는 언어의 미묘한 행간을 기워 내며, 가사도 음절도 오히려 중층화해 가며 쉼 없이 이어졌다. 30명도 채 안 되는, 초등학교 국어 교과서조차 제대로 읽어 본 적 없는 '촌뜨기' 할머니들이 울리는 요령 소리와 더없이 조심스러운 영가 소리가, 아래층 좌석에서 심신을 진정시키고 있던 학생들의 가슴을 얼마나 흔들어 놓았던 것일까? 감동에 겨워 억누르지 못한 오열이 여기저기서 들리기

시작했다. 뜻밖의, 전혀 예상조차 못한 장면이었다.(301쪽)

미나마타 마을에서는 오사카에서 열리는 짓소의 주주총회에 '순례단'을 보내기로 한다. 그리고 마을의 나이 든 여성들을 중심으로, 그 회의장에서 '영가'를 부르기로 하고 연습에 들어간다. 글을 읽을 줄 모르는 할머니들은 계속 가사를 틀리고, 연습 시간의 반쯤은 할머니들의 수다 모임이 되어 버리지만, 주주총회에서 그 영가는 미나마타병 환자들과 연대하려고 참석한 대학생들을 울렸다. 글을 읽을 줄 모르는 어촌 할머니들과 대도시의 대학생들은 겹쳐지는 경험이라고는 전혀 없을 두 집단이지만, 그들이 인간을 대상이 아니라 자신만의 시간과 공간을 살아오며 자신의 '목소리'를 지닌 주체로 알아본다면, 서로의 이야기 또한 알아보고, 알아들을 수 있기 때문이다.

\* \* \*

2019년, 여름에 열린 서울의 퀴어문화축제에서 성소수자 부모모임의 부스를 취재했다. 반대 세력과의 직접적인 충돌은 없었다. 이제 틀이 잡힌 듯 성소수자 단체들은 시청 앞 잔디밭에서, 반대 세력은 길 건너편 덕수궁 담을 따라 모여 자신들만의 '축제'를 열고 있었다. 성소수자 혐오 세력의 집회 이름은 '레알 러브'였다. '진짜 사랑'이라고 축제의 이름을 단 사람들은 결혼한 지 40년 된 부부를 불러와 다시 사랑을 고백하는 퍼포먼스를 했고, "엄마, 아빠가 사랑해서 나를 낳았어요."라고 적힌 피켓을 들고 있었다.

그날 유난히 불편했던 건 그들이 사랑이라는 지극히 사적이고 복잡한 감정의 의미마저 독점할 수 있다고 생각한다는 점이었다. 언어를 독점할 수 있다는 생각. 어떤 단어에 대해 내가 아는 의미만이 유일한 의미라는 생각이야말로, 불평등과 차별이 자라는 마음이 아닐까? 이제 고기를 잡으러 나갈 수 없게 된 어부가, 하지만 아직 몸이 기억하고 있는 동작으로 여전히 부표를 만드는 것을 보고 그 모습을 "빈둥빈둥"으로 표현할 수 있는 마음이나, 1년에 단 하루 온전히 자신으로 거리에 나온 이들 앞에서 "동성애는 사랑이 아닙니다."라고 말하는 사람들의 마음이나 모두 가난한 마음일 것이다. 그 가난한 마음을 탓하기는 쉽다. 내가 '진짜 사랑'이라는 표현 앞에서 불편함을 느끼고 기운이 빠졌던 것은 그런 가난한 마음 앞에서 이야기를 계속하고, 듣는 것이 무슨 소용이 있을지 막막했기 때문이다. 안으로부터의 이야기를 듣고 그 온기 덕분에 얻은 위안은, 너무 무기력한 것 아닐까?

＊ ＊ ＊

타인의 언어를 익히는 데는 시간이 필요하다. 타인의 언어가 자연스러워지기까지 그들이 걷는 길을 걷고, 함께 시간을 보내며 타인의 삶의 구체적인 디테일을 보아야 한다. 그런 디테일이 그이의 '안으로부터의 이야기'를 구성할 것이다. 트랜스젠더 M 씨와 우리 제작 팀은 대여섯 달을 계속 만났다. 그가 직장에서 일하는 모습을 촬영했고, 성별 정정 신청을 위해 변호사와 상담하는 모습을 촬영했고, 긴 인터뷰를 했다. 그러는 동안에 나는 M 씨가 화장실에 가는 것을 한 번도 보지 못했다. 외모는 여성이고, 목소리는 중성에 가깝고, 법적으로는 남성인 사람은 남녀 화장실 양쪽 중 어느 곳을 써야 하는 걸까?

이시무레 미치코는 평생 미나마타 주변을 떠나지 않았고, 거의 평생을 미나마타병 환자들의 디테일을 기록했다. 그 결과로 나온 그녀의 문장은 어디서도 본 적이 없는 것이다. 그럼에도 그 문장들이, 심지어 한국어로 번역된 후에도 울림을 준다는 것은 분명 희망의 예시다. 그건 뭐랄까, 경험이 너무나 다르기 때문에 언어도 다를 수밖에 없는 작가와 독자 사이에서, 그럼에도 존재하고 있는 어떤 공통의 언어라는 좁은 영역을 작가가 그저 본인의 노력과 절박함, 진심만으로 조금씩 조금씩 확보해 나가는 데서 오는 것이다. 책 한 권을 다 읽고 돌아보면 공통의 영역이 적지 않게 넓혀져 있는 느낌이다. 그런 작가가 고맙지 않을 수 없다.

M 씨와의 마지막 촬영은 태국에서였다. 3박 4일의 촬영 일정을 무사히 마치고 돌아오던 날, M 씨는 이야기 들어 줘서 고마웠다고 했고, 나와 촬영 감독은 누이를 안듯 M 씨를 꼭 껴안았다. 첫 만남에서 악수를 하자고 내민 그녀의 손 앞에서 움찔했던 것과 달리, 하나도 어색하지 않았다. 결국은, 마음만으로는 다 준비할 수 없는 마주침이 있고, 그런 마주침에는 자주 겪으면서 그것에 자연스러워지는 방법밖에 없다. 그런 시간을 지날 때 비로소 우리는 안으로부터의 이야기를 들을 수 있을 것이다. 1년간 프로그램을 제작하며 만났던 모든 성소수자 당사자들과 가족들이 그걸 알려 주었다.

## 결례를 줄이려는
## 노력

한강의 『소년이 온다』에서 기억에 가장 강하게 남은 것은 '모나미 볼펜'이다. 메모가 아니라 사람을 고문하는 데 쓰였던 볼펜. 모나미 볼펜으로 고문을 당해 본 사람이라면 다음부터 필기를 할 수 있을까? 적어도 모나미 볼펜은 쓸 수 없게 되지 않을까?

존 버거의 초기작 『클라이브의 발(The Foot of Clive)』은 영국 공공 병원의 6인 병실을 배경으로 한다. 소설의 첫머리에서 입원 환자 한 명 한 명을 소개할 때, 작가는 그들을 묘사하는 대신 그들의 삶에서 개와 관련한 일화 하나씩을 이야기한다. 그 이야기를 듣고 나면 독자는 인물 한 명 한 명이 살아온 환경과 그의 기질 같은 것을 짐작할 수 있다. 근사한 인물 소개 방법이라 생각했다.

같은 단어가 서로 다른 환경에 처한 사람들에게 다른 의미를 가지는 것은 말할 필요도 없다. 대상들도 마찬가지다. 물건의 용도는 종종 상상을 초월한다.(모나미 볼펜이 고문 도구가 되는 세상도 있다.) 아마 지금도 세계 어딘가에서는 원래의 용도와 다르게 '창의적'으로 사용되는 물건들이 있을 것이다. 그럼에도 우리가 같은 세계에 산다고 할 수 있을까? 세계 어디를 가든 중심지의 상점가에서 볼 수 있는 브랜드는 거의 차이가 없어진 듯하다. 세계 어디를 가든 사람들은 나이키를 신고, 코카콜라를 마시고, 리바이스를 입고, 토요타를 타고, 아이폰을 쓴다. 같은 상품을 쓰니까 같은 세계라고 광고는 말한다. 과연 그럴까? 우리가 입고 쓰는 물건들은 모두 같은가?

\* \* \*

일본의 기자이자 작가인 헨미 요가 쓴 『먹는 인간』은 '사람들은 무엇을 먹고 있는가?'라는 질문을 통해 같은 행위 안에서 드러나는 차이에 대해 말한다. 저자는 '먹는 행위'라는 가장 기본적인 삶의 조건을 통해 1990년대 초중반 세계 여러 곳의 삶에 대해 이야기한다. 아시아에서 시작하는 여정은 유럽과 아프리카를 거쳐 다시 아시아로 돌아온다. '남은 음식' 시장이 따로 있는 가장 가난한 나라 방글라데시, 2차 세계대전 종전 후 현지에 남은 일본군이 인육을 먹었다는 필리핀을 거쳐, 통일 후의 동베를린 교도소 수감자들과 터키 이민자들이 먹는 먹거리를 직접 확인하고, 에티오피아 커피 로드에서 '가정식 커피'를 마시고, 방사능에 오염된 체르노빌의 '금단의 땅'으로 와 그곳에서 자란 버섯과 사과를 먹으며 죽을 날을 기다리는 할머니를 만난다. 이 모든 여정에서 등장하는 음식들은 그저 먹거리가 아니라 그들 삶의 조건이다. 헨미 요는 현장에 가면 반드시 현지인들의 음식을 함께 먹는다. 그리고 이야기를 듣는다. 적어도 음식을 함께 먹는 시간만큼, 그리고 그 음식에 담긴 그들의 일상을 잠시나마 공유하는 만큼 삶의 세세한 면이 더 열린다. 책 한 권이 온통 그렇게 새롭게 열리는 세상을 펼쳐 놓는다.

나는 「내 운동화는 몇 명인가」라는 다큐멘터리를 제작했다. 너무나 일상적인 사물인 운동화 한 켤레가 나에게 오기까지 어떤 사람들이 일하고 있는가 하는 질문에서 출발한 다큐멘터리다. 부산 신항에서 시작된 촬영은 보르네오섬의 고무나무 농장과 고무 가공 공장을 거쳐 슬로바키아의 80년 된 신발 공장을 거쳤고, 함부르크에서 출발해 부산으로 들어오는 컨테이너선에서 마무리되었다. 이 모든 과정에서 인터뷰를 할 때마다 나는 인터뷰이의 신발도 한 컷씩 찍었다. 신발에 관한 다큐멘터리니까 신발 그림이 있으면 좋을 거라고 막연히 생각했는데, 찍고 보니 그 신발들에도 그들 각자의 삶이 담겨 있었다. 당연한 이야기겠지만.

* * *

담장 안이라도 독일은 독일이라서 주로 문제가 되는 건 감자였다. 너무 익혔다는 둥 잘 부서진다는 둥 알맞게 잘 삶아져서 파삭하고 씹히는 감자가 먹고 싶다는 불평이었다.(헨미 요, 박성민 옮김, 『먹는 인간』(메멘토, 2017), 108~109쪽)

1989년 베를린 장벽이 무너지고 서독과 동독은 통일되었다. 동독의 교도소에 있던 수감자 중 정치범들은 대거 석방되었다. 사람을 해치고 물건을 훔치는 일은 정치체제에 상관없이 나쁜 짓이므로 그런 죄를 지은 사람들은 새로운 사회

시스템 아래서도 여전히 교도소에 있어야 했다. 달라진 것은 '휴식 없는 공장'이었던 동독 교도소의 노동 환경이 주 40시간 근무로 바뀌었고, 감방 하나에 들어가던 수감자 수가 열 명에서 세 명으로 줄어들었고, 콘돔까지 갖추어진 개인 접견실이 생겼다는 것이다. 달라지지 않는 것은 교도소 식단의 주요 메뉴가 감자라는 사실이다. 나라가 뒤집히는 변화가 일어나도 바뀌지 않는 것들이 있다. 사람을 해치거나 물건을 훔치는 일은 나쁘다는 사실, 그리고 독일인의 주식이 감자라는 사실 같은 것들.

그렇게 바뀌지 않는 것들은 대부분 사람들의 일상에 더 큰, 적어도 더 직접적인 영향을 미친다. 그런 생활의 영역은 이념이나 사상 따위, 경험을 공유하지 않는 사람들에 의해 내려지는 결정이 영향을 미치지 못하는 곳이다. 그래서 나는 먹는 행위를 통해 1990년대 초반 세계의 지도를 그려 보려 했던 헨미 요의 기획이 반가웠다. 그가 그려 가는 삶에는 이념이 없고, 정치적인 옳고 그름이 없고, 아름다운 환상도 없다. 필리핀의 일부 섬 주민들은 듀공을 먹어 왔고, 그 식습관은 1990년대까지 이어졌다. 듀공은 포유류다. 물속에 사는 포유류니까 당연히 생물학적으로 가치 있는 종이다. 하지만 1960년대까지 섬에서 구할 수 있는 육류가 듀공 고기밖에 없었던 사람들은 그 듀공을 잡아먹었다. 생물학적 다양성보다 먹고 사는 게 더 다급한 문제였다.

> "다이너마이트를 해수면에서 폭발시키면 기절해요. 그럼 듀공에 달라붙어 콧구멍을 틀어막아서 죽이죠."
>
> 생생하다. 인어의 전설이니 뭐니 하는 것은 없었다.(56쪽)

필리핀에서 가까운 코타키나발루의 고무나무 농장에서 30년 넘게 고무나무 수액을 채취하는 할아버지를 취재했다. 열대의 숲속에 있는 고무나무 농장은 당연히 덥고 습하며, 무엇보다 모기가 많다. 우리 취재진은 미리 한국에서 마련해 간 방충복을 입고 발목을 가리는 신발까지 꼭꼭 챙겨 신고서 현장으로 갔다. 할아버지를 비롯한 현장에서 일하는 사람들은 모기를 쫓는 모기향이 담긴 플라스틱 통을 허리에 묶고 일했지만 대부분 반바지 차림이었고, 신발은 샌들이었다. 엄지발가락을 끼우는 구멍이 따로 있고 발뒤꿈치를 잡아 주는 샌들이어서 미끄러지는 일은 없겠지만 발등과 발목은 그대로 모기에 노출되는데(가끔 뱀도 나온다고 했다.), 그런 신발을 신고 두어 시간 작업했다.

당시 예순일곱이었던 할아버지는 젊은 시절 돈을 벌기 위해 도시에 나가 일했던 적도 있지만 이제 자식들도 다 자라고, 수액 채취와 농사만으로도 생활을 유지할 수 있기 때문에 '만족한다.'라고 했다. 만족의 기준 자체가 높지 않은 사람들이 있다. 아내, 그리고 아직 결혼하지 않은 세 자녀와 함께 사는 할아버지 집에는 고양이가 네 마리 있고, 집 밖 마당에는 개가 두 마리 있다. 숲의 입구쯤에 있는 할아버지 집은 오래되고 낡았지만, 발코니가 있어 마냥 덥지만은 않다. 그날그날 근처 시장에서 사 온 재료로 점심을 지어 먹고 나서 다음 작업을 나가기 전까지 할아버지는 발코니에 앉아 아이스티(얼음은 안 들어간다.)를 마시며 쉰다. 고양이 한두 마리가 다가오면 무심하게 등을 긁어 준다. 그게 고무나무 수액을 채취하는 할아버지의 만족이었고, 그건 충분히 그럴듯했다.

할아버지가 작업할 때 신는 신발의 기준도 '그만하면 됐다.' 정도 아니었을까? 모기가 워낙 많으니 하나도 안 물릴 수는 없고, 굳은살이 많은 뒤꿈치 정도는 그냥 내주겠다는 마음이었을까? 따로 물어보지 않아 그 마음을 알 수는 없다. 다만 할아버지의 샌들 앞에서 칭칭 동여맨 우리의 방충복이 부끄러울 뻔했건만, 촬영을 마친 후 할아버지가 "그 덮어쓴 그물 같은 거 좋아 보이는데 나한테 주고 가면 안 되겠냐?"라고 물었다. 그렇게 부탁하시는 바람에 우리가 조금은 덜 부끄러

울 수 있었다.

고무나무 수액을 채취하는 할아버지의 '소박한' 삶이 근사했다거나 부러웠다는 이야기가 아니다. '만족'의 기준 역시 한 개인의 경험들이 만들어 내는 지평의 크기에 비례한다면 할아버지의 세계가 그만큼 작다는 뜻이기도 하다. 보르네오 섬에서 농사를 짓고 살던 화전민이 대규모 고무나무 농장의 노동자가 되고, 말레이시아 독립 후에도 같은 일을 하며 고무 산업의 맨 시작 단계에 기여하고 있음을 생각하면, 그들의 만족이 그렇게 쉽게 이룰 수 있는 작은 것이라는 사실이 과연 공정한가, 라는 질문도 떠올려 볼 수 있다.

"먹으면 신경이 둔해지고, 팔이 느려져서 정신을 집중할 수 없어요."(137쪽)

폴란드에 간 헨미 요는 탄광 산업이 사양길에 접어든 후 탄광에서 여전히 일하고 있는 광부들과 식사를 같이하고, 자유노조 등장 후 자리에서 물러난 전 대통령과 차를 마시고, 여전히 사람들의 주요 오락거리인 서커스단의 단원들과 함께 며칠을 보낸다. 서커스단에서 칼 던지기 묘기를 공연하는 샤프라네크는 낮 공연을 마치고 저녁 공연을 하기 전까지 일곱 시간 반 동안 아무것도 먹지 않는다. 단 한 번 칼 던지기 실수를 한 후부터 그런 습관이 생겼다. 서커스단에 들어오기 전에 식당에서 역시 칼 던지기 공연을 하던 중 '표적' 역할을 하던 파트너 여성의 배에 실수로 칼이 꽂혔다. 배에 칼을 맞은 파트너는 그의 아내이기도 하다. 아내는 병원에 가서 부엌에서 넘어졌다며 치료를 받았다. 그녀는 지금도 그날의 실수는 식당의 조명이 나빴기 때문이었다면서 남편이 던지는 칼의 표적으로 무대에 오르고, 그런 파트너이자 아내에게 계속 칼을 던져야 하는 남편은 공연 전에 식사를 하지 않는 것으로 매번 마음을 다잡는다. 우크라이나 출신이면서 폴란드에서 공연을 하는 두 사람은 언젠가 쇼 비즈니스의 본고장인 미국으로 진출할 꿈을 가지고 있다.

\* \* \*

슬로바키아 파르티잔스케의 신발 공장에서 고무판 만드는 작업을 하는 얀과 요제프는 모두 60대 노인으로 같은 공장에서 40년 넘게 일하고 은퇴했다가, 일손이 부족해지면서 다시 공장에 나오고 있었다. 일손이 부족한 건 일감이 많아

서가 아니라, 1930년대에 만들어진 낡은 공장의 생산 라인에
더 이상 젊은이들이 일하러 오지 않기 때문이었다. 두 할아버
지가 일하는 고무판 생산 라인은 대화가 불가능할 정도로 소
음이 심했고, 먼지가 많이 날렸고, 고무 냄새가 났다. 한마디
로 열악했다. 그런 공간에서 40년 넘게 매일 일해 온 두 노동
자의 안전화(고무를 절단하는 큰 칼날과 고무를 납작하게 펴는 롤
러와 생산된 고무판을 이동시키는 벨트가 있는 작업장은 당연히 위
험하기도 하다.)는 먼지와 색소가 잔뜩 묻어 원래 무슨 색이었
는지 알아볼 수 없을 정도였다. 그 자체로 많은 이야기를 전
해 주는 물건이 있다면 얀과 요제프가 오랫동안 신어 온 낡
은 작업화만 한 것도 없겠다 싶었다.

두 할아버지는 집에서 싸 온 도시락을 나눠 먹으며 "우리
손녀가 어제 첫걸음을 걸었다.", "어제 축구는 어느 팀이 이겼
나?" 같은 대화를 나누었다. 얀 할아버지는 도시락에서 초콜
릿 바 하나를 일부러 남겨 촬영을 마친 우리 제작진에게 먹
으라고 건네주었다. 그리고 마지막 인터뷰에서 말했다. "우리
가 만든 신발을 많이 신어 주십시오. 그래서 우리가 계속 일
할 수 있게요." 파르티잔스케 신발 공장의 일감은 점점 줄었
고, 공장 안의 몇몇 건물은 이미 비어 있었다. 얀이 낡은 작업
화를 새 작업화로 바꿀 일은 아마도 없을 것 같았다. 그도 그

점을 알기 때문에, 자신이 언제 일을 그만둔다고 해도 이상하지 않다는 것을 알기 때문에 계속 그 신발 하나로 버티는 게 아니었을까?

"숲속의 버섯이든 뭐든 먹는 겁니까?" 하고 물어보았다.
그러자 걸걸한 목소리로 야유가 날아왔다.
"그것 말고 뭘 먹어야 한단 말이오? 그것 말고!"(302쪽)

체르노빌 원전 사고 이후, 반경 30킬로미터 안에 있는 농가에 퇴거 명령이 떨어졌지만 몇 년 후 800여 명의 주민들이 살던 곳으로 돌아왔다. 대부분 노인이었고, 평생을 그 땅에서 살던 사람들이었다. 원전 사고 이후에 소비에트연방이 해체되면서 우크라이나에는 전례 없는 경제 위기가 닥쳤고, 고향을 떠난 사람들은 새로운 땅에서 기회를 찾기가 어려웠다. 그래서 돌아왔다. 그리고 1000년 동안 사람이 살 수 없다는 땅에서 나는 버섯과 과일을 먹고, 그 땅에서 기른 돼지를 먹는다.

헨미 요는 야유가 날아온 질문을 던진 후에 그 주민들이 내어 준 돼지고기를 먹고, 주민들이 담근 술을 함께 마신다. 그리고 "체념으로 의심을 이겨 낸다."(297쪽)라는 말의 깊이를 생각한다. 체르노빌 주민에게 '버섯'과 '돼지고기'는 이미 그가 알고 있던 먹거리들과는 다른 의미임을 확인할 수밖에 없다. 그렇게 알고 있다고 생각했던 단어들의 새로운 의미가 하나둘 쌓여 가면서 그의 글은 조금씩 더 깊어지고, 한편 조금씩 더 쓸쓸해진다.

> 벽 바로 너머가 정신이 아득해질 만큼 쓸쓸한 오호츠크의 거친 파도였다. 등 뒤의 파도 소리만으로도 충분히 벌을 받는 듯한 느낌이 들었다. 지은 죄를 모조리 고백하고 싶어질 만큼 쓸쓸했다.(279쪽)

같은 단어에서 여러 의미를 읽어 내고 나면 우선은 쓸쓸하다. 각자의 의미 안에 갇힌 개인이 쓸쓸하지 않을 도리는 없다. 하지만 그 차이를 인정하는 것이 타인에게 결례를 범하지 않는 전제 조건일 것이다. 나는 "우리가 남이가?"라는 말이 싫고, 그 말이 위험하다고 생각한다. 당연히 우리는 남이다. 우리가 남이라고 생각해야 우리는 서로에게 결례를 범하지 않을 수 있다. 아마도 세상의 모든 사람들에게 다를 그 '개인의 의미들'을 모두는 알 수 없기 때문에, 아무리 노력을 해도 우리는 어쩔 수 없이 누군가에게는 결례를 범하게 될 테지만, 결례를 적게 범할 수는 있다. 헨미 요가 아마도 짧지 않았을 시간 동안 전 세계를 돌며, 입에 맞지 않는 것이 대부분이었을 음식들을 현지인들과 함께 먹었던 것도 그렇게 결례를 줄이려는 노력이었을 것이다.

# 슬픔이
# 형태를 이룰 때까지

"일단 오늘 한번 만나 보세요." 3주 동안 비행기를 여섯 번, 그중 세 번은 국제선을 타야 하는 일정이었다. 짐 싸고, 비행기 타고, 사나흘쯤 한 도시에서 촬영하고, 다시 짐 싸서 출발하는 리듬이 반복되는 여정이었다. 가능하면 이동하는 날은 일정을 잡고 싶지 않았다. 그렇게라도 쉬어야 여독을 풀고, 이어지는 촬영의 긴장을 유지할 수 있으니까. 그런데 뉴욕에서 비행기를 타고 위스콘신에 도착한 날 저녁, 현지 섭외를 담당했던 미국 코디네이터가 다음 날부터 촬영할 출연자를 미리 만나 보라고 했다. 촬영 일정도 내가 생각했던 것보다 훨씬 분량이 많았다. 하루 하고 반나절이면 찍을 수 있을 거라 생각했는데, 사흘 꼬박 빽빽하게 일정이 잡혀 있었다. 불필요한 촬영을 추려 낼 걸 생각하면 서두를 이유는 없었다. 그런데도 코디네이터는 자꾸만 만나 보라고 했다. 피디가 직접 만나 봐야 한다고.

오대호 인근의 대학 도시 M은, 한 번쯤 살아 봤으면 하는 생각이 드는 곳이었다. 고속도로 인근 숙소에서 출연자의 집 근처에 있는 식당까지 30분가량 달리는 동안 보이는 풍경만으로도 잘 사는 지역임을 알아볼 수 있었다. 도심 외곽에는 땅을 아끼지 않고 넉넉하게 지은 각종 대형 마트들이 자리 잡고 있었고, 주택가에도 허술하게 관리된 집은 거의 눈에 띄지 않았다. 오랫동안 그렇게 안정되게 지내 왔을 것 같은 기운이 느껴지는 도시, 고생이나 비극과는 가장 멀리 있는 것 같은 공간이었다. 약속 장소에 도착하고 보니, 출연자를 만나기로 한 이탈리안 카페는 문을 닫았고, 코디네이터가 전화를 하려는 중에 출연자에게 먼저 연락이 왔다. 옆에 있는 타이 레스토랑에 있다고 했다. '가능하면 차만 마시며 간단히 미팅을 마치고 싶었는데.' 어쩔 수 없이 저녁까지 먹어야 하게 생겼다.

출연자 S 씨가 우리를 기다리고 있었다. 명함을 건네며 인사를 하는데, 그녀의 얼굴빛이 너무 어두웠다. 그날 컨디션이 좋지 않은 문제가 아니라, 오랜 시간 쌓인 그늘이었고, 안경 너머의 눈은 미소를 띠고 있었지만 탁했다. 어두운 낯빛은 예상했던 바였다. 그녀가 우리를 만난 건, 몇 해 전 자살한 자신의 아들 이야기를 하기 위해서였으니까. 나는 내가 짐작도 할 수 없는 어떤 마음속으로 들어가려는 참이었다. 코디네이터가 굳이 먼저 만나 보라고 했던 이유를 알 것 같았다.

\* \* \*

거기서 툭 하고 시간이 끊겨 버렸다.(노다 마사아키, 서혜영 옮김, 『떠나보내는 길 위에서』(펜타그램, 2015), 80쪽)

『떠나보내는 길 위에서』는 정신병리학자 노다 마사아키가 1985년에 있었던 일본항공(JAL)기 추락사고로 사망한 사람들의 유족을 인터뷰하며, 사랑하는 사람을 사고로 잃은 이들의 마음(의 움직임)을 기록한 책이다. 저자는 사고의 원인을 밝히는 것보다는(이게 중요하지 않다는 의미는 아니고, 본 사고에서는 이미 사고의 원인이 비교적 명확하게 밝혀지기도 했다.) 유족들을 인터뷰하면서 '슬픔을 견뎌 내는 사람들의 감정'을 전하고 싶었다고 한다. 이 책은 가장을 잃은 가족, 여러 명의 가족을 한꺼번에 잃어버린 유족, 자식을 먼저 보낸 부모 등 다양한 '형태'의 유족들의 이야기를 기록하고 있다. 그럼으로써 누구도 토를 달 수 없는 슬픔을 겪고 있는 사람들이 어떤 마음의 단계를 거치는지, 그리고 그 슬픔을 바라보는 우리는 당사자들이 슬픔의 시기를 잘 지나오도록 어떻게 도와주어야 하는지를 전한다. 저자의 말처럼 "슬픔이란 함께 체험하는 것이지 지식으로 아는 대상은 아닐 것"(23쪽)이지만, 적어도 이 책을 읽는 동안 감히 '무슨 마음인지 알겠습니다.'라는 위로도 전할 수 없을 만큼 엄청난, 되돌릴 수 없는 상실을 경험한 이들의 마음 앞에서 어떤 말과 어떤 행동을 하면 안 되는지는 배울 수 있다.

사람을 이해하려면 우선 그 사람의 개별성에 귀를 기울여야 한다. 어떤 환경 속에서 성장했고 성격, 가족과의 관계, 하는 일, 희망 등은 무엇인지⋯⋯. 계속 물어보면서 확인해 가다 보면 그 사람에 대한 상이 그려진다. 그리고 그 과정에서 타자를 이해한다는 것이 정말 어렵다는 것도 알게 된다.(287쪽)

S 씨와 남편은 여전히 아들이 자살할 때까지 함께 살았던 집에 살고 있었다. 본격적인 촬영에 들어가고 이틀째, 인터뷰를 위해 그 집을 찾았다. 집 안에 들어서자마자 강한 냄새가 코를 찔렀다. 2주 동안 미국을 다니며 맡아 보지 못했던 한국 음식 냄새인가 싶었는데, 그게 아니라 그 집에서 키우는 반려견의 대소변 냄새였다. 환기를 하지 않는 걸까? 거실 한가운데 자리를 잡고 있던 강아지가 바닥에 깔아 둔 종이 패드에 이미 여러 번 소변을 본 것 같았지만 그걸 치우지 않고 그대로 두었다. 그 옆에 놓인 천으로 된 소파는 강아지가 뜯어서 아래쪽이 너덜너덜했다. 화장실에는 2, 3주 치는 돼 보이는 분량의 세탁물이 가득 쌓여 있었고, 변기 안쪽은 언제 청소했는지 알 수 없을 정도로 지저분했다. 그러고 보니, 부부는 첫날 타이 레스토랑에서도 둘째 날 저녁을 먹었던 한식당에서도 남은 음식을 싸 달라고 했다. 아마 요리를 하지 않는 것 같았다. 커다란 거실 창 너머로 공원이라고 불러도 좋을 만큼 널찍한 공동주택의 공용 정원이 펼쳐져 있는 풍경은 과연 여유로운 도시의 아파트다웠지만, 그런 근사한 채광과 그 앞에 펼쳐진 평화로운 풍경도 이 집에는 쓸모없는 것 같았다. 부부는 본인들은 물론 주변의 어느 것도 꾸미거나 정돈하지 않은 채 지내고 있었다. 두 사람의 시간은 아들이 스

스로 목숨을 끊은 그날에 멈춰 있는 걸까? 그렇게 멈춰 버린 마음은, 주변의 변화를 볼 수 없게 되는 걸까?

"아들의 전화기도 아직 살아 있어요. 4년이 지났는데 전화기도 아직 살아 있고…… 한편으로는 원망스럽죠. 어떻게 그런 결정을 했을까……. 그러나 또 한편으로는 그냥 함께하는 것 같고, 그래서 제가 아들 방에 가끔 들어오죠." S 씨의 남편이 말했다.

S 씨 부부는 1990년대 초반에 미국으로 건너왔다. 남편은 사업을 하고, S 씨는 전공을 살려 직장을 구했다. 미국 생활이 안정되었을 무렵, 번잡한 대도시 생활이 싫어져 한적한 대학 도시 M으로 이사했다. 웃음이 많았던 귀여운 딸은 춤을 좋아하고, 글을 잘 쓰는 아이였다. S 씨는 매일 딸을 발레 학원에 데려다주고 데리고 오는 시간들이 좋았다. 그러던 어느 날, 고등학생이 된 딸이 자신은 아무래도 남자인 것 같다고 커밍아웃을 하고 호르몬 치료를 받을 수 있게 해 달라고 했다. 부부는 성년이 될 때까지 기다리라고 했다.

"신문 기사를 보면 트랜스젠더들이 공격을 받아서 살해되는 일이 종종 있거든요. 얘가 앞으로 받게 될 편견, 혐오, 이런 걸 상상하니까…… 제가 인정을 하면 그런 일이 생길 것 같고……. 그래서 제가 무시를 하고 듣지 않으면 그런 일이 일

어나지 않을 것 같은…… 그런 생각에 정말 귀를 막고 눈을 감고 그랬어요." S 씨는 말했다.

딸은 부모 모르게 남성 호르몬을 구해서 주사를 맞았고, 학교에서는 소수자들의 인권 향상을 위한 청소년 단체를 조직했다. 화장실에서 주사기와 피 묻은 솜을 발견한 부모가 마침내 정식으로 병원에서 호르몬 치료를 해 주기로 했지만, 그는 얼마 지나지 않아 스스로 목숨을 끊었다. 부모가 딸을 '아들'이라고 부르기 시작한 건 그 일이 있고 한참 후였다.

이 세상에 없는 사람의 유지를 계승하여 사회적 활동을 함으로써 고인의 생명을 영속시키려는 [……] 심리 기제를 '유지의 사회화'라고 부르고자 한다. 유족은 유지의 사회화를 통해서 실은 자기 자신의 재사회화, 다시 말하여 (사랑하는 사람의 상실이라는 가혹한 문을 통과하고 난 후의) 사회관계의 재구축을 실행하고 있는 것이다.(254쪽)

지금 S 씨는 성소수자와 관련한 모임에 불려 다니는 연사가 되었다. 성소수자 자녀를 둔 부모들이 자신과 같은 실수를 하지 않기를 바라기 때문에, 그리고 성소수자를 비롯한 소수자 인권 개선을 위해 열심히 활동했던 아들의 뜻을 잇기 위해 그렇게 한다고, S 씨는 말했다. 그녀는 미국 성소수자 커뮤니티에서는 비교적 이름이 알려진 연사가 되었고, 이제 그 역할만이 그녀를 지탱해 주고 있는 것 같았다. "제 마음속에 항상 아들이 있어요. 제가 강의를 할 때 어떤 존재감(presence)이라고 할까요, 어떤 에너지 같은 게 저한테서 돌고 있다는 걸 느껴요."

* * *

『떠나보내는 길 위에서』에는 가족을 잃어버린 사람들이, 그 상실에 대처하는 다양한 모습들이 등장한다. 유족의 나이에 따라, 가족 내에서 어떤 사람을 잃었는지에 따라, 그리고 당연히 경제적 사정에 따라 그 슬픔은 다른 양상으로 드러난다. 사고 후에 얼마 동안 아내의 스웨터만 입고 지냈던 남편이 있고, 임신 중에 남편을 잃은 후에 산부인과 의사로부터 "이대로 아이를 낳을 겁니까?"라는 질문을 받은 아내가 있다. 사고로 딸을 잃은 후 자비로 미국을 오가며 항공 사고에서 생존율을 높일 수 있는 방법을 조사하고, 결국 국제 학회까지 개최한 아버지가 있고, 유족은 아니지만 비행기가 추락한

산을 정기적으로 찾아 그 산의 들꽃을 사진으로 찍고 다니는 JAL 직원이 있다.

상실은 피할 수 없다. 갑작스런 사고로 가족을 잃은 사람들의 상실에 비할 바는 아니지만, 누구나 크고 작은 상실을 경험한다. 그리고 상실 이후에도 계속 살아야 하는 우리는, 이어지는 삶 속에 그 상실이 어떻게든 견딜 수 있는 방식으로 자리 잡게 해야 한다. 노다 마사아키의 표현에 따르면 '슬픔이 형태를 이루게 하는' 과정이다. 이 책에는 그렇게 각자의 형편에 맞게 '형태를 이루어 가는' 슬픔들을 감당이 안 될 만큼 많이 볼 수 있다.

S 씨의 슬픔은 어떤 형태를 이루어 가고 있는 걸까? 나는 자식을 먼저 떠나보낸 부모, 그것도 부모의 이해를 받지 못해 자살한 자식을 둔 부모 당사자의 후회 같은 것을 이해한다고 말할 수 없다. 거의 육체적인 감각에 가까울 정도의 감정이라면 타인이 머리로 '안다'고 할 수 있는 성질의 것이 아닐 것이다. 그리고 그런 감정을 전하는 입장이라면 어떻게 해야 하는지에 대해서도 아직 정답을 찾지 못했다. 다만, 어떤 감정은 온전히 당사자만이 느낄 수 있게 남겨 두어야 한다고 생각한다. 그래서 S 씨가 아들의 무덤에서 울음을 터뜨렸을 때 카

메라를 멀리 물려 뒤에서 찍었고, 인터뷰 중간중간에 울음이 터져 나오면 촬영을 끊고 당사자가 진정이 될 때까지 기다렸다가 다시 카메라를 돌렸다. 정답을 전하려고 노력한 것이 아니라, 정답이 아닌 것을 전하지 않으려고 노력했다고 할까. 사고로 가족을 잃은 유족들처럼, 감당할 수 없는 슬픔을 겪고 있는 사람들을 대할 때 우리는 '무엇을 할 것인가?'가 아니라, '무엇을 하지 말아야 하는가?'를 먼저 물어야 하는 것이 아닐까? 적어도 그들의 슬픔이 형태를 이루어 가는 동안에는.

노다 마사아키는 문제의 사고가 나고 꼬박 1년이 지난 후에야 본격적인 유족 인터뷰를 시작했다. 그리고 『떠나보내는 길 위에서』의 마지막 장은 JAL기 추락 사고를 대하는 일본 사회의 다양한 모습을 다루고 있다. 타인의 삶에 카메라를 들이대는 일을 하는 나 같은 사람에게는 아픈 말이 많다. JAL기 사고 다음 날 승객 명단을 싣고 한 명 한 명의 주소와 나이, 직업, 여행 목적까지 기재한 《아사히신문》은 유족들에 대해서도 전담 기자를 한 명씩 붙였다. 사고로 딸을 잃은 어머니가 취재를 거부하고 밀어내려 하자 담당 기자는 "일이라서요."라고 말하며 버텼다고 한다. 그 기자들이 4개월 후 취재 기록을 책으로 냈는데, 거기에 이런 문장이 있다.

가족이 슬퍼하는 일이 왜 뉴스인가. 신문이나 텔레비전은 왜 슬픔의 밑바닥에 있는 가족들을 닦달하여 '말'을 끌어내려 하는가. 그러한 의문이나 비난을 받을 때가 있다. 그러나 그것은 사고가 일어난 직후이기에 듣는 비난이라고 기자들은 자신을 타이른다. 두 번 다시 반복해서는 안 되는 비탄의 장면이기에 기록해 둬야 하는 거다, 라고. 눈물을 애써 감추고 눈물로 쓰는 취재. 그것 없이 희생자의 슬픔이나 분노를 어떻게 표현할 수 있을까. 슬픔이나 분노를 독자와 공유할 수 있는 기사를 쓰고 싶다. 호기 있게 말하자면 그렇다는 것이다.(374쪽에서 재인용)

　이런 '호기'를 부리는 이들이 역겨운 것은, 타인의 감정보다는 그것을 전하는 자신의 감정에 더 취해 있기 때문이다. 이야기를 전하는 일을 하는 사람들 중 많은 이들이 이런 자아도취에 빠진다. 자신이 전하는 이야기의 내용보다는 그것을 자신이 전하고 있다는 사실이 더 중요해져 버린 사람들. 노다 마사아키는 그런 사람들의 일을 "상(喪)의 비즈니스"라고 부른다. 서둘러 합동 위령제를 주최하는 행정가들, 취재를 거부한 유족의 집 창문 틈으로 카메라를 밀어 넣은 기자들, 유족에게 자신들의 믿음을 권유하는 종교 단체들…….

타인의 상실에 대해서는 함부로 아는 척하지 않고, 우선 예의를 갖추어 '그러셨군요. 알았습니다.'라고 인정해 주어야 하지 않을까? 상처를 타인에게 열어 보이는 이들이 이야기하는 행위를 통해 상처를 받아들일 수 있게 된다면, 그건 이야기를 들은 이들이 답을 주어서가 아니라, 이야기를 하는 과정에서 자신의 상처가 형태를 갖추어 가기 때문이고, 그렇게 형태를 갖춘 슬픔이라면 상대해 볼 수 있음을 알게 되기 때문이다. 듣는 이의 역할은 이야기하는 이가 스스로 자신의 슬픔을 자신에게서 떼어 내고 마주할 수 있을 때까지 기다리는 것, 그때까지 지치지 않고 이야기를 들어주는 일일 것이다. 『떠나보내는 길 위에서』 책 한 권이 온통 그런 경청의 기록이다.

\* \* \*

아직 눈물이 마르지 않은 S 씨에 대해 나는 아무런 판단도 할 수 없다. 그렇게 눈물이 마르지 않은 상황에서 열심히 강연 활동을 하며 지낸다. 취재 일정이 나의 짐작보다 길었던 것은, S 씨가 죽은 아들과 직접 관련이 없는, 그보다는 현재 자신의 강연 활동과 관련이 있는 사람들을 잔뜩 불러 놓았기 때문이었다. "제가 강연을 하면요, 거기 온 사람들이 다 울어요."라는 말은 분명 자랑이었다. 묘지에서의 오열과 그 자랑 사이의 불일치는 아직 내게는 명확하게 이어지지 않는다. 그 불안정함이 아직 슬픔에서 완전히 벗어나지 못했기 때문인지, 아니면 원래부터 그녀가 가지고 있던 것인지도 모르겠다. 현지 코디네이터도 그 불안정함의 정체를 파악할 수 없었기 때문에 나에게 촬영 전에 미리 만나 보라고 했을 것이다. 그녀의 슬픔이 형태를 이루고 나면 알 수 있을까?

# 당신의 이야기는
# 무엇입니까?

날을 잡고 인터뷰를 몰아서 할 때가 있다. 2019년 장애인과 관련한 다큐멘터리를 제작할 때 장애인-비장애인 커플 또는 장애인 커플을 섭외해서 진행했던 인터뷰가 그랬다. 모두 네 커플이었다. 어린 시절 의료사고 이후 하반신 장애를 갖게 된 남편과 비장애인 아내, 골형성부전증으로 휠체어를 타고 다니는 아내와 비장애인 남편, 아내와 남편 모두 수화를 사용하는 청각 장애인 부부, 30대 초반에 척수염으로 장애인이 된 남편과 비장애인 아내였다. 인터뷰 질문지를 정리하면서 염두에 두었던 것은 단 하나, '극복'이란 단어를 쓰지 않겠다는 것이었다. '인간 승리'라는 말도 쓰지 않으려 했다. 두 단어 모두 장애를 비정상적인 상태, 더 고약하게는 '열등한' 상태로 보는 세계관을 담고 있기 때문이다.

대화를 시작하기 전부터 그렇게 상대와 나의 세상을 나누어 놓고, 그것도 암묵적으로 내가 속한 세계가 우월한 쪽임을 가정하고 임하는 대화가 온전하게 진행될 리 없다. 제작진이 무의식적으로 내뱉는 말에서 그런 구분이 여전히 드러났을 수도 있지만, 적어도 의식적으로는 그런 경계를 지워 놓고 시작하고 싶었다. 내가 모르는 세계를 살고 있는 사람들을 만날 때 '무엇을 하겠다.'가 아니라 '무엇을 하지 않겠다.'만 정해 놓고 시작해도 크게 도움이 된다. 또한 상대에 따라 구체적으로 무엇을 하면 안 되는지 정도는 사전에 공부하면 알수 있다. 그렇게 우리가 정한 그날의 원칙이 극복이라는 단어를 쓰지 않겠다는 것이었고 도합 열 시간 가까이 네 커플과 진행한 인터뷰 촬영은 그해에 했던 촬영 중에서 가장 유쾌했다.

\* \* \*

직업 때문에 인터뷰를 자주 할 수밖에 없는데, 그러다 보니 인터뷰의 교본처럼 삼는 책들이 있다. 오래전에 피에르 부르디외의 『세계의 비참』 시리즈와 시어도어 젤딘의 『인간의 내밀한 역사』가 있었고, 최근에는 스터즈 터클의 『일』도 발견했다. 그리고 무라카미 하루키의 『언더그라운드』 역시 잊을 만하면 틈틈이 꺼내 보는 책이다.(하루키 본인이 이 책을 쓰면서 스터즈 터클의 작업을 참조했다고 밝히고 있다.) 『언더그라운드』는 무라카미 하루키가 "1995년 3월 20일 아침에, 도쿄의 지하에서 정말로 무슨 일이 벌어졌는가?"라는 질문에서 출발해 진행한, 인터뷰 모음집이다. 1995년 3월 20일 아침에 무슨 일이 있었느냐 하면, 월요일 출근길의 지하철 차량 다섯 칸에서 화학무기인 '사린'이 살포되었다. 주동자들은 '옴진리교'라는 교단 소속 회원이었으며, 해당 사건으로 승객과 역무원을 포함해 열세 명이 사망하고, 5000명 이상이 중경상을 입었다. 하루키의 책은 사건이 발생하고 약 1년 후에, 바로 이 피해자들을 인터뷰한 결과물이다.

사건 직후에 일본 사회가 발칵 뒤집힌 것은 당연하다. 언론은 지독할 정도로 옴진리교와 소위 '가해자들'을 파고들었고, 그들에 대한 정보, 특히 그들이 얼마나 '이상한' 개인이고 집단인지를 보여주는 정보들이 넘쳐났다. 그에 비해 피해자들은 "(얼굴 없는) 건전한 시민들"로 뭉뚱그려 그려졌고, 바로 그 점이 하루키의 출발점이었다. 그는 그날 아침 지하철을 탔던 승객 한 사람 한 사람의 개성과 그들의 이야기가 없을 리 없다고, "한 사람 한 삶의 구체적인—교환 불가능한—존재 양태"에만 관심이 있는 작가로서 그들을 찾아가 인터뷰를 진행한다. 그는 건강하고 선량한 '이쪽'과, 망가져 버렸기 때문에 이해할 수 없는 '저쪽'이라는 집단적 구분에는 전혀 관심이 없다. 오히려 그런 집단적 구분에 묻혀 버리는 개인들의 이야기에만 철저히 집중한다.

평소와 다름없는 월요일의 출근 시간 지하철이다. 그 지하철에서 신문으로 싼 비닐 봉투가 발견된다. 비닐봉지 안에 뭔가 액체가 담겨 있는 것처럼 보인다.(사린 사건 실행범들은 액체 상태의 사린을 비닐 봉투에 담아 지하철에 탔고, 그 액체가 기화되어 새어 나올 수 있게 끝을 뾰족하게 다듬은 우산으로 찌른 다음 지하철에서 내렸다.) 차량 안의 사람들이 조금씩 어딘가 이상한 점을 느끼고, 누군가는 몸이 불편해진다. 그리고 사람들의 머릿속에 모두 다른 생각이 떠오른다. 스물셋의 회사원은 '누군가 신문에 싼 생선을 잊어버렸나 보다.'라고 생각한다. (이미 사린가스에 중독된) 50대 남녀가 늘어져 있는 모습을 본 승객은 '부부가 동반 자살을 시도한 것'이라고 생각한다. 지하철이

멈췄으니 학교에 가지 않아도 되겠다고 생각하는 중학생이 있고, 자기가 떨어뜨린 물건도 치우지 않는다고, 공중도덕이 땅에 떨어졌다고 생각하는 50대 기업 임원이 있다. 평소와 마찬가지로 아무 생각도 없었다는 40대 회사원이 있고, '하늘이 파랗던 것만은 지금도 확실히 기억하고 있다.'라고 말하는 30대 회사원도 있다.

너무나 낯선 사태가 발생했지만, 사태의 전모가 밝혀지기 전까지 그 일은 그것을 접한 사람들의 이야기 안에서 각각 다른 의미를 지닌 채 기록된다. 하루키는 바로 그 이야기(들)을 들어 보기로 한 것이다. 그런 시시콜콜한 디테일들이 왜 중요하냐고? 이 서로 다른 디테일에서 우리는 하나의 사건이 아니라 한 명 한 명의 개인을 볼 수 있기 때문이다.

\* \* \*

장애인-비장애인 커플들을 인터뷰하는 나와 제작진의 입장도 그랬다. 장애와 비장애처럼 눈에 띄는 구분을 없는 셈 칠 수는 없다. 다만 그 구분을 말하기 전에, 말 그대로 '눈에 띨 수밖에 없는' 차이 때문에 한 인간이 통째로 규정되어서는 안 된다고 생각했다. 그래서 우리는 최대한 세세한 면들을 들어 보려 했다. 이를테면 네 커플 모두를 대상으로 상대에게 어떤 매력을 느꼈는지 물었다. 첫 번째 커플의 아내는 만나기 전부터 남편의 팬이었다고, 그래서 남편이 처음 사귀자고 했을 때 첫 반응은 "내가 너 좋아하는 거 어떻게 알았어?"였다고 했다. 두 번째 커플의 남편은 아내가 너무 밝고 예쁜 사람이었다고, 그래서 아내가 당시 만나던 남자 친구와 소원해진 것 같아 "틈을 파고들었다."라고 했다. 세 번째 커플의 아내는 남편의 눈썹이 배우 송승헌처럼 짙어서 좋았다 했고, 네 번째 커플의 아내는 남편의 목소리가 너무 좋았다면서 "남자 목소리 중요하거든요."라고 했다. 서로 자기가 먼저 고백했다고 싸우는 커플이 있었고, 서로 먼저 대답하라고 티격태격하는 커플이 있었고, 남편이 "저는 결혼할 생각이 없었습니다."라고 대답하는 바람에 그 자리에서 제작진이 "저기, 수습하셔야겠는데요."라고 말해야만 했던 상황도 있었다.

각자 아내와 남편에게 반했던 면모를 말하고 나니 네 쌍의 커플은 일반적인 장애인-비장애인 또는 장애인 커플이 아니라, 각각 자신들만의 이야기를 공유하는 네 쌍의 연인들이 되었다. 그런 커플들이 늘 그렇듯 그들은 행복해 보였다. 그날의 인터뷰 촬영이 즐거웠던 것은 그 행복의 기운과 네 커플

각자의 이야기가 담고 있는 풍성함, 그리고 무엇보다 그렇게 자신의 이야기를 '만들어 가고' 있는 이들이 지닌 건강한 기운 때문이었다.

* * *

우스꽝스러울 정도로 어이없는 계획을 세우고 직접 실행에까지 옮긴 옴진리교 집단에 대해 이야기하며 하루키는 '당신이 지금 가지고 있는 이야기가 정말로 당신의 이야기일까?'라는 질문을 던진다. 그리고 이어서 "개인의 자율적 파워 프로세스"라는 용어를 꺼내며 그들의 심리를 설명한다. 요약하자면 이렇다. 사회 안에서 생활하는 개인은 종종 자신만의 고유한 이야기가 어느 부분에서 사회의 시스템과 맞지 않는다고 느낀다. 그리고 시스템은 그 본성상 그렇게 불일치하는 면모를 그 개인의 '결함'으로 간주한다. 건강한 마음을 지닌 이라면 그 불일치의 긴장을 견디며, 시스템과 자신의 이야기 사이에 타협점을 찾아내려 노력한다. 이것은 개인이면서 동시에 시스템에 속하기도 하는 인간의 숙명이기 때문이다.

그 긴장을 견디는 것이 '건강한' 태도인 까닭은 말 그대로 그 견딤에 상당한 에너지가 소모되기 때문이다. 그것이 고단한 과정이기 때문에 옴진리회 같은 집단이 스며들 틈이 발생한다. 말하자면 아직 자신과 시스템 사이의 균형점을 찾지 못한 이들의 불균형 상태 자체를 하나의 서사로 만들어 버리는 것이다. '지금의 너는 충분히 괜찮다.'라는 말만큼 위안이 되는 말은 없다. 그리하여 그 말이 지닌 강력한 위안에 안주하는 사람들이 그런 말을 던지는 시스템의 서사와 자기 이야기를 동일시해 버리는 일이 발생한다. 직접 자신의 이야기를 만들어 가는 수고를 내려놓는 대신 그는 '건강한' 균형점에서는 영원히 멀어져 버린다. 그리고 그렇게 불균형한 상태로 모인 개인들이 지닌 위태로움은 언젠가 집단의 형태로, 즉 대규모로 폭발한다. 그것이 지하철 사린 사건의 전모일 거라고 하루키는 일단 파악했고, 나는 그의 분석이 유효하다고 생각한다.

개인이 애써 찾은 균형점은 늘 움직이게 마련이다. 개인의 삶에서 새로운 일은 늘 벌어지고, 사회도 계속 변화하기 때문이다. 개인의 이야기와 사회의 시스템은 균형 상태에 있을 때보다 불균형 상태에 있을 때가 더 많을 것이다. 그 긴장을 견디는 이들의 이야기가 소중한 이유는 그들의 건강함이 그들이 속한 사회를 또한 건강하게 만들어 주기 때문이다.

＊＊＊

　700쪽이 넘는 『언더그라운드』를 다 읽고 나면 신기한 사실을 하나 깨닫게 된다. 읽은 것은 온통 지극히 개인적인 이야기들뿐인데, 1990년대 중반의 일본이 어떤 나라인지 그 사회가 보인다는 것이다. 하루키 역시 "적절한 시기에 일본이라는 '장(場)의 모습'", 그리고 "일본이라는 '의식의 모습'에 관해서" 깊이 알고 싶었다고 적고 있다. 예를 들어 1995년 당시 도쿄의 샐러리맨들은 대부분 도쿄 외곽에 살았고, 출퇴근에 한 시간에서 두 시간이 걸렸다. 철도 관련 직장은 안정적이어서 시골에서는 아주 좋은 직장으로 인정받았다. 일본에서는 사고가 일어나 전차가 멈추면 해당 역에서 환승 표를 제공했다. 사고가 난 카스미가세키역은 관공서가 몰려 있는 지역이지만 정작 하루키의 인터뷰에 응하는 공무원은 적었다. 우리는 개인적인 이야기들을 읽었을 뿐인데, 일본 샐러리맨의 평균적인 일상과, 도시와 농촌의 분위기 차이, 철도 시스템과 공무원들의 일반적인 심리 같은 것도 짐작할 수 있다. 그것도 매우 구체적으로 말이다.

　내가 인터뷰할 때마다 이 책을 떠올리는 이유도 그런 점이다. 어째서 개인들의 지극히 사적인 이야기들이 그들이 살고 있던 어떤 시기 어떤 공간에 대한 사회적 기록이 될 수 있는가? 그런 단위의 확장이 가능한 것은, 개인은 개인이면서 동시에 사회적 관계들이 교차하는 장소이기 때문이다. 또한 개인이 '자신'의 이야기일 거라고 생각하고 만들어 가는 서사는 그 개인이라는 장소에 교차하고 있는 사회적 관계들이 얽히는 서사이기도 하기 때문이다. 개인의 이야기 안에서, 그의 삶에서 개인적인 것과 사회적인 것은 따로 떼어 낼 수 없다. 개인의 몸은 하나이기 때문에, 그가 겪는 어떤 사태는 개인적 차원과 사회적 차원의 구분 없이, 단 한 번만 '통째로' 경험되기 때문이다.

지하철 사린 테러 사건을 다루었던 당시의 일본 언론, '이상한 가해자'와 '선량한 피해자'라는 틀에서 벗어나지 못했던 언론에 하루키가 만족할 수 없었던 것도 그 때문이다. 언론이 재현하는 서사에는 개인이 보이지 않았다. 가해자와 피해자로 엄격히 구분된 두 '실체 없는 집단'만이 등장하는 서사는 피해자들에게(또 가해자들에게도) 자신의 것이 아닌 다른 이야기에 자아를 맡기기를 요구할 뿐이다. 옴진리교의 교리가 그 신자들에게 그랬던 것처럼 말이다. 그런 공허한 서사가, 많은 이야기가 뒤얽혀 있는 사린 사건 같은 사태를 온전히 전하고, 그 문제를 해결할 단서를 제시할 수는 없다. 사회가 나아진다

면, 온전히 자신의 이야기를 지키며 그것을 끊임없이 이어 가는 개인들이 한 명 한 명 늘어나면서, 그렇게 한 사람만큼씩 나아질 것이다. 한 개인이 온전히 자신의 이야기를 지킴으로써, 한 인간 안에서 교차하는 사회적인 관계들 역시 바로잡을 수 있다면, 딱 그만큼씩 사회도 좋아질 거라는 희망이다.

2019년, 다큐멘터리에 출연했던 네 쌍의 커플 같은 이들의 이야기나 『언더그라운드』에 등장하는 일본 시민들의 이야기, 특정 집단으로 수렴되지 않는 개인들의 이야기가 충분히 많이 나온다면 그들이 속한 집단(다큐멘터리의 경우에는 '2019년의 한국 장애인'이고, 하루키의 책에서는 '1990년대 중반의 일본 시민'이다.)과 관련한 사회적 논의들이 훨씬 성숙해질 거라고 확신한다. 아마도 그 속도는 느리겠지만, 그 아쉬움은 다른 문제다. 그러니 우선은, '당신의 이야기는 무엇입니까?'라고 끊임없이 개인들에게 물어야 한다.

# 이해,
# 혹은 찾아가기

방송국에 입사하고 처음 만들었던 다큐멘터리는 인터뷰 다큐멘터리다. 그때나 지금이나 나는 내레이션, 즉 해설을 좋아하지 않는다. '지금 보고 계신 장면은 이런 의미입니다.'라고 중간에서 해석해 미리 전하는 것이 일종의 주제넘은 일이라고 생각했고(어떤 이들은 그건 자신감이 없는 태도라고 말하기도 하지만), 그런 머뭇거림은 시간이 지나도 좀처럼 달라지지 않았다. 그리고 나는 지금도 여러 촬영 중에서 인터뷰를 찍을 때 가장 긴장한다. 아무리 해도 늘지 않는 것이 인터뷰 기술이기도 하다. 물론 여러 가지 '스킬'을 배울 수는 있고, 나 역시 오랜 기간 인터뷰를 하며 그런 스킬 몇은 익혔을 것이다. 하지만 사람의 마음은, 진심은 스킬 따위로 얻을 수 있는 것이 아니라고 생각한다. 그렇기 때문에 새로운 인터뷰 대상을 만날 때마다, 처음부터 다시 새로운 벽을 마주하는 것 같은 기분은 어쩔 수 없다. 그럼에도 나는 여전히 인터뷰 촬영을 가장 기대하기도 한다. 날것으로서 사람의 목소리가 그 어떤 해석보다 힘이 세다는 것을 알고 있다.

* * *

이 희곡에 '장면(scene)'은 없고 '순간(moment)'만 있다.(모이세스 코프먼·텍토닉 시어터 프로젝트, 마정화 옮김, 『래러미 프로젝트』(열화당, 2018), 23쪽)

『래러미 프로젝트』는 논픽션이 아니라 희곡이다. 희곡을 쓴 모이세스 코프먼은 연극 연출가이고 텍토닉 시어터 프로젝트는 극단이다. 뉴욕의 극단 단원들이 1998년 미국 와이오밍주의 대학 도시 래러미를 찾았다. 매슈 셰퍼드라는 동성애자가 두 명의 가해자에게 구타를 당한 후 사망한 사건을 취재하기 위해서였다. 단원들은 1998년 당시 이 사건이 개인의 삶뿐 아니라, 미국 "사회와 문화에 만연한 다양한 이데올로기나 믿음에 집중"(11쪽)하게 하는 사건이라고 판단했다.(나는 모든 사건이 그렇게 사회적 층위를 포함하고 있다고 생각하는 편이지만, 사회적 이슈가 좀 더 직접적으로 드러나는 사건은 분명히 있다.) 그래서 그들은 그 '사건을 다루는 공동체'의 모습을 알아보기로 했다. 구체적인 방법은 래러미를 찾아가 공동체 구성원들의 말을 들어 보는 것이었다. 그들은 매슈 셰퍼드 살인 사건 4주 후에 래러미를 찾았고, 그 후 1년간 200건이 넘는 인터뷰를 진행했다. 희곡 『래러미 프로젝트』는 그 인터뷰들을 정리한 결과물이라고 할 수 있다. 매슈 셰퍼드의 시체를 가장 먼저 발견하고 그 모습을 잊지 못하는 경관이 있고, 사건 후에 자신의 종교에 회의를 가지게 된 모르몬교 신자가 있고, 피해자가 동성애자라는 이유로 사건 자체가 특별히 다루어져야 할 이유는 없다고 생각하는 상점 주인이 있고, '증오 범죄'라는 말에 조심스럽게 반응하는 주지사가 있다.

실제 사건을 소재로 삼은 연극과 영화는 많다. 『래러미 프로젝트』가 특별한 이유는 실제 주민들의 이름을 실명으로 사용하고, 그들의 인터뷰 내용만으로 연극을 구성했다는 점이다. 그러니까 적어도 희곡 안에서 해설자의 해석이나 제작자의 의견이 드러나지 않는다.(물론 수많은 인터뷰 중 희곡에 쓸 것을 선택하는 과정이 이미 하나의 해석이고 의견일 테지만.) 그리고 코프먼은 자신들의 희곡에 '장면'은 없고, '순간'만 있다고 선언한다. 장면과 순간의 차이는 무엇일까? 장면에는 있고, 순간에는 없는 것은 맥락이다.

맥락이 없을 수는 없다. 『래러미 프로젝트』에 장면이 없고 순간만 있다는 말은 그 순간들에 하나의 정해진 맥락을 부여하지 않겠다는 제작진의 의지일 거라고 나는 이해했다. 또한 그 말은 희곡에서 제시하는 순간들의 맥락을 희곡을 읽고 연극을 보는 독자와 관객이 각자의 경험 안에서 찾아내라는 제안이기도 하다. 그러니까 미리 정해진 메시지를 염두에 두지 않겠다는 제작자 혹은 작가의 태도는 게으른 것이 아니라 어떤 존중을 표현하는 것이다.

텍토닉 시어터 프로젝트의 구성원들과 래러미의 주민들에게 매슈 셰퍼드 살인 사건이 갖는 의미는 당연히 다르다. 두 집단이 그 순간을 접할 때까지, 그리고 그 사건을 알고 난 후에 살아갈 맥락이 다르기 때문이다. 당연히 연극을 보게 될 관객들에게도 본인들만의 맥락이라는 것이 있고, 그렇다면 연극의 순간순간이 관객들에게 다가가는 의미도 그 맥락의 수만큼이나 달라진다. 관객 한 명 한 명의 맥락 안에 자리를 잡을 때 비로소 그 순간들은 장면이 될 것이다. 다시 말해

굳이 희곡의 단위를 전통적인 연극 용어인 '장면'으로 칭하지 않고 '순간'이라고 부르는 것은 이야기 속 인물들을 판단하지 않겠다는 마음이고, 이야기를 읽고 듣게 될 이들의 판단력과, 그 판단력을 갖기까지의 삶과 경험을 가볍게 여기지 않으려는 존중이다.

처음 기획한 인터뷰 다큐멘터리가 방송되던 날, 방송국에서 사고 없이 나가는 것을 확인하고 한숨 돌리던 중에 전화가 왔다. 사고가 없는 것이 아니었다. 전화의 주인공은 방송에 출연했던 40대 중반의 여성 인터뷰이였다. 방송에 나온 자신의 발언이 마음에 들지 않는다고 했다. 이혼 후 혼자 아이를 키우는 그 여성과는 자신의 결혼이 왜 실패할 수밖에 없었는지, 결혼 상대를 잘못 택한 이유가 무엇이었는지 등등을 길게 인터뷰했었다. 대충 잘 요약해서 편집했다고 생각했는데, 당사자는 방송에서 자신의 실패만 강조되어 보였다며 울음을 터뜨렸다. 본인이 지금 하고 있는 일을 알리기 위해 방송에 출연했던 것인데 그 일은 하나도 보이지 않는다고 말하며, 거의 짜증을 냈다. "나는 지금도 계속 아프고, 가난하고, 괜찮지 않다."라고도 했다. 새벽 시간에 거의 30분 정도 흐느끼며 나를 원망하던 그녀는 울음이 그치지 않은 상태에

서 전화를 끊었다. 인터뷰 당시에 보여 주었던 밝은 모습과는 너무 다른 모습에 놀라기도 전에 나는 머릿속이 복잡해졌다. 돌이켜 보면, 우리가 했던 촬영에 대해 내가 생각하던 맥락과 그녀가 생각하던 맥락이 달랐던 것이다. 그녀는 애초에 왜 방송 인터뷰에 응했던 걸까? 나는 왜 그녀를 인터뷰하기로 결정했던 걸까?

마지 머리: 음, 어, 이 이야기로 뭘 어쩌려고?

그레그 퍼라티: 아, 어, 아직 결정은 못 했어요. 다 만들고 나면 래러미로 가져와 보려고요.(38쪽)

자신들의 이야기를 듣겠다고 뉴욕에서 찾아온 텍토닉 시어터 프로젝트 단원들에게 래러미 주민들이 묻는다. 자신들의 이야기로 무엇을 할 거냐고. 단원들은 대답하지 못한다. 무엇을 할지 정하지 않았기 때문이다. 그들이 래러미를 찾은 것은 자신들의 이야기를 하기 위해서가 아니라, 주민들의 이야기를 듣기 위해서였다.

* * *

　발달 장애를 가진 동생과 함께 사는 '둘째 언니'는 이미 유명인이었다. 본인이 직접 만든 다큐멘터리를 발표했고, 발달 장애 동생과 함께 사는 생활을 책으로 썼으며, 정기적으로 유튜브에 영상을 올리고 있었다. 나는 그처럼 본인의 신념에 따라 행동하는 데 주저함이 없는 사람에게 약하다. 사회에 의미 있는 변화를 만들어 내는 사람들의 특징 중 하나는 결과를 두려워하지 않고 '아닙니다.'라고 말할 수 있다는 것이다. 동생이 생활하던 장애인 시설에서 인권침해 행위가 이루어졌음을 알게 되었을 때 언니는 시설에 개선을 요구하고 다른 보호자들에게도 동참할 것을 요청했다. 하지만 돌아온 대답은 "시설이 마음에 들지 않으면 언니가 동생을 데리고 나가라. 우리는 괜찮다."였다고 한다. 언니는 동생을 데리고 시설을 나왔다. 그전에는 대학 졸업장이 의미가 없다는 것을 깨닫고 나서 졸업을 한 학기 앞둔 시점에 자퇴를 한 이력도 있었다.

　약속을 잡고 어렵게 만난 자리에서 그 언니가 물었다. "피디님은 이번 다큐멘터리에서 무슨 이야기를 하고 싶으세요?" 나의 맥락을 묻는 질문이었다. 이미 다른 방송국과 촬영을 하다가 엎어 버린 이력이 있는 출연자였다. 대답을 잘해야 했다.

"저도 잘 모르겠습니다. 다만 저는 동생분이 매력적인 인물이라고 생각합니다. 그 매력을 보여 주고 싶고, 언니분이 애쓰시는 모습도 많은 사람들이 봤으면 좋겠습니다." 그 대답이 언니가 바라던 대답이었다는 건 나중에야 알았다. 방송을 마친 언니가 "그게 정답이잖아요."라고 이야기해 주었다. 아직 누군가의 삶의 세세한 면을 알지 못한 상태에서 '당신의 삶은 이러이러한 이야기 아니겠습니까?'라고 추측하는 것만큼 위험한 것은 없다. 단편적으로 노출된 누군가의 삶에서 어떤 부분을 알아보았다면, 그리하여 그의 삶을 좀 더 알아보고 싶은 마음이 들었다면 우선은 그 삶 속으로 들어가 보아야 한다. 그때까지의 나의 이야기, 그의 삶에 관심을 가졌던 나의 맥락은 잠시 잊어버리는 것이 좋다. 다른 이의 삶에 들어가는 것은 그에게 나의 이야기를 전하기 위해서가 아니라 그의 이야기를, 그의 맥락을 듣기 위해서여야 한다.

로저 슈미트 신부: 그렇지만 이해한다는 게 동의한다는 걸 의미하지는 않아요. 이해한다는 게 관대해지라는 뜻도 아닙니다. 그렇지만 또한, 이해한다는 게 자기 자리에 앉아 결정할 수 있는 그런 것도 아닙니다. 애런을 이해하려면, 찾아가 봐야 합니다.(153~154쪽)

래러미 프로젝트의 첫 번째 결과물이 발표되고 10년 후 모이세스 코프먼은 다시 한번 래러미를 찾았다. '하나의 지역 사회는 스스로의 역사를 어떻게 써 나가는가?'라는 질문을 던지고 싶었다고 한다. 그리고 10년 후의 두 번째 프로젝트에서 매슈 셰퍼드 살인 사건의 범인 애런 매키니를 만나 보려 했다. 그 만남을 추천한 사람은 사건 전 매슈 집안의 담당 목사였고, 수감 후 꾸준히 그를 면회하러 다닌 성직자였다. 애런을 만나 봐야 하는 이유는 "이해하려면, 찾아가 봐야" 하기 때문이라고 목사는 말했다.

　　쉽게 함부로 쓰이는 단어들이 있다. '이해'도 그중 하나라고 생각한다. 타인에 대한 이해는 "자기 자리에 앉아 결정할 수 있는 그런 것"이 아님에도 너무 많은 사람들이 자신의 자리에 꼼짝도 않고 앉아서는 누군가를 이해했다고 말한다. 그런 건 이해가 아니라 자신의 맥락 안에 타인의 이야기를 맞추어 넣는 것일 뿐이다. 그때 만남은 바뀌지 않는 나의 맥락에 하나의 '장면'을 추가하는 것일 뿐이다. 그런 마주침 후에 나의 이야기 분량이 늘어날 수는 있겠지만 이야기 자체가 달라지지는 않는다. 달라지지 않는다는 건 성장하지도 않는다는 뜻이다.

　　'이해하다'라는 뜻을 지닌 understand의 어원은 '(어떤 것의) 한가운데에 서다, 사이에 서다'라는 뜻이다. 그러니까 이해의 대상 '안으로' 들어가서 대상의 위치에 서 보는 것이 이해다. 그것은 위치의 이동을 전제하는 행위이고 기존의 위치, 즉 나의 맥락을 벗어날 것을 요구한다. 이해란 머리나 마음이 아니라 행동으로, 몸으로 하는 것이다. 때로 그렇게 자리를 이동하고 나면 원래 내가 있던 자리로 돌아오지 못할 수도 있다. 이해한다는 것은 그만큼 어떤 의미에서는 위험한 행동이기도 하다. 그런 위험을 감수하지 않은 채, 자기가 앉은 자리에서 조금도 움직이지 않은 채 남발하는 이해가, 그런 이해를 바탕으로 전하는 이야기나 행동이 공허한 이유다. 그때 채워지는 것은 자기 자리를 벗어나지 않은 사람의 자기만족밖에 없다. 만족스러울지 모르겠으나 외롭기도 한 마음일 것이다.

『래러미 프로젝트』가 마음에 들었던 건 그들이 매슈 셰퍼드 살인 사건에서 무언가를 알아보고, 우선은 그것을 이해하기 위해 직접 래러미를 찾아갔다는 점이다. 어떤 이야기를 할지 미리 정하지 않고 '듣기 위해' 당사자들을 찾아갔다는 것, 그리고 그들이 들은 이야기를 재해석하지 않고 그대로 희곡으로 재구성했다는 것, 그렇게 이야기를 전하는 사람들이 참고할 수 있는 전례를 남겼다는 점에서 나는 그들이 고마웠다.

무대는 이제 오른쪽의 의자 몇 개를 빼고는 비어 있다. 의자들이 무대의 절반을 채우고 있다. 모두 관객을 향해서 놓여 있고 마치 교회나 법원인 것처럼 줄 맞춰 정리되어 있다.(93쪽)

『래러미 프로젝트』에서 또 하나 흥미로운 점은 이 글이 '희곡'이라는 것이다. 연극을 그다지 즐기는 편은 아니다. 나는 사람보다 글이 편한 사람이다. 그리고 함께 어울리는 것보다 지켜보는 것이 더 편안하다. 뮤지컬이나 연극에서 '무대와 관객이 하나로 어우러지는' 장면이 종종 호의적으로 소개될 때마다 나 같은 사람은 어색하다. 그래서 나는 연극보다는 영화나 책을 더 선호한다. 하지만 『래러미 프로젝트』 같은 연극이라면 다를 것도 같다. 래러미 프로젝트의 의도를 그대로 살린 연극이라면, 그것은 관객들에게 '이해를 위해 자신의 자리를 뜨는 경험'을 간접적으로나마 해 보게 하는 장치로 실현될 것이다. 관객들이 래러미로 가는 것이 아니라 래러미가 관객들을 찾아온 것이라고나 할까. 등장인물이 모두 실제 래러미의 주민들, 극단이 찾아가서 만났던 사람들이고 대사가 모두 그들의 인터뷰 발췌로 이뤄진 이유도 마찬가지다. 해석이 최대한 배제된, 직접적인 만남을 제작진은 원했을 것이다. 비록 배

우들이 대신 말하기는 하지만 연극을 본 관객들은 래러미 주민들의 몸과 목소리를 대면하게 된다. 실제 사람의 몸과 목소리를 대면할 때 나의 몸도 반응한다. 그것이 책상 앞에 앉아 머리로 하는 이해보다 훨씬 솔직할 것이다.

\* \* \*

이제는 국회의원이 된 '생각 많은 둘째 언니' 장혜영 씨를 어렵게 섭외해서 제작한 다큐멘터리가 완성되었다. 다큐멘터리의 타이틀을 만들기 위해 나는 인터뷰 중간중간에 말없이 앉아 있는 출연자들의 모습만 모아서 편집했다. 그것이 그들을 대하는 제작진의 태도를 드러내 주기를 바랐다. 대답을 하기 위해 자신의 맥락을 더듬는 모습, 혹은 방금 했던 대답이 자신의 맥락 속에 자리 잡기를 기다리는 그 모습까지 그대로 담아 주고 싶었다. 누군가에 대한 이해는 그렇게 듣는 것이고, 기다려 주는 것이어야 한다고 말하고 싶었다. 그의 이야기를 나의 이야기에 포함시키는 것은 나중에 그가 없는 자리에서 혼자 해야 할 작업이었다. 순서가 그래야 한다고 말하고 싶었다.

# 9

# 어둠을
# 바라보는 일

넷플릭스의 다큐멘터리 「리얼 디텍티브」를 좋아한다. 미국 각지의 베테랑 형사들을 만나 그들이 담당했던 사건들 가운데 잊을 수 없는 사건이 무엇이었는지 묻고, 그 사건을 재연해 보여 주는 다큐멘터리다. 재미있는 것은 해당 형사들이 활동하는 지역에 따라 범죄의 특징들이 조금씩 다르다는 점이다. 그러니까 내게 「리얼 디텍티브」는 범죄물이 아니라 미국 각 지역에 대한 지지학(地誌學) 자료인 셈이다.

지역적 특성이 범죄의 대부분을 설명해 준다. 무의식적으로 산 가브리엘 밸리에 모여든 사람들이 어떤 사람들인가를 알면 그곳에서 일어난 불합리한 일과 살인 사건을 모두 파악할 수 있다.(제임스 엘로이, 이원열 옮김, 『내 어둠의 근원』(시작, 2010), 318쪽)

2012년, 서울시 경계에서 자동차로 한 시간 정도 떨어진 경기도의 한 도시에서 중학생들을 취재했다. 전통적으로 벼농사로 유명한 지역으로, 지금은 거기에 더해 작은 제조업 공장들이 흩어져 있고, 고속도로와 가까운 곳에는 물류 창고들도 많다. 경부고속도로와 중부고속도로, 제2중부고속도로가 모두 가까이 있어서 차를 타고 다니는 사람들이 자주 들어 봤을 이름이지만, 정작 그곳에 사는 사람들을 만날 일은 흔치 않은 그런 곳이다. 나도 시내에 들어가서 그곳 사람들을 마주하기는 처음이었다. 촬영이 결정되고, 그해에는 3월부터 10월까지 2, 3주에 한 번은 그 도시를 찾아가야 했다.

그 학교를 찍기로 한 건 그 전해에 있었던 사건 때문이었다. 당시 3학년 학생들이 2학년 학생들을 집단으로 성추행한 사건이었다. 학교는 남녀공학이 아니다. 그러니까 남자 중학생들이 후배 남학생들을 성추행한 것이었다. 아마 그 과정에는 폭력도 포함되어 있었을 것이다. 문제의 사건이 벌어진 곳은 학교를 둘러싸고 있는 야산이었다. 학교 선생님들이 가해 학생들을 경찰에 신고했다. 학교에서 감당할 사건이 아니라고 생각했는지, 아니면 피해 학생들을 위해서 어떻게든 가해 학생들에게 가시적인 조치를 취해야 할 필요가 있었던 것인지는 알 수 없다. 그렇게 스무 명에 가까운 학생들이 경찰에 넘겨졌고 각자의 행동에 대한 법적 처벌을 받았다. 그리고 다음 해, 그러니까 우리가 촬영을 시작했던 3월에는 다시 학교에 다니고 있었다.

한국에서 중학교는 의무교육 과정이다. 해마다 3월이 되면 공립 중학교에서는 해당 지역의 주민들 중 중학교를 졸업하지 않은 사람들에게 나이에 상관없이 학교에 나오라는 공문을 보낸다.(우리가 취재했던 해에 다시 학교에 나오라는 연락을 받은 사람들 중에는 나와 동갑인 사람도 있었다. 그 사람에게서는 답이 없다고 했다.) 전해에 경찰에 입건되어 처벌을 받은 가해 학생들도 다시 학교에 나오라는 연락을 받았다. 그중에는 해마다 연락을 받지만 해마다 출석 일수를 채우지 못해 3년째 중학교 3학년인 아이도 있었다. 그런 학생들은 처음 한두 달은 학교에 나오려고 애를 써 보다가 결국 다시 출석 일수를 채우지 못한다고 선생님들은 말했다. 아직 전해 사건의 상처에서 벗어나지 못한 학교가 부담스러웠을 방송 촬영을 허락한 것도, 어쩌면 그 아이들이, 그리고 학교가 '회복'하는 데 외부의 시선이 도움이 되지 않을까 하는 기대가 있었기 때문이다. 우리는 "올해에는 이 친구들 한번 졸업시켜 봅시다."라고 선생님들을 설득했다. 전해 사건의 가해자와 피해자가 같이 3학년이 되어 있는 학교에서, 그렇게 촬영이 시작되었다.

* * *

소년은 산타 모니카를 좋아했고, 엘 몬테는 무서운 곳이라고 생각했다.(46쪽)

제임스 엘로이는 미국의 범죄소설 작가로 국내에는 책보다는 영화로 유명한 「LA 컨피덴셜」의 원작자 정도로만 알려졌지만, 현지에서는 『블랙 달리아』로 베스트셀러 작가의 반열에 올라선 후, 범죄소설을 계속 써 왔다. 작품 대부분이 작가의 고향인 로스앤젤레스를 배경으로 하고 있다. 몇 해 전, 캘리포니아 출장 전에 1960년대 미국 정치의 이면을 다룬 엘로이의 『아메리칸 타블로이드』를 읽어 본 적이 있는데, 뭐랄까, 문장이나 등장인물들이 거칠고 험했다는 인상만 남았다. 외국인으로서는 전혀 상상할 수 없는, 혹은 거기까지 들여다볼 시간과 사전 지식이 없는 '예쁘지 않은' 모습들. 그의 글에는 그런 모습들만 가득하다. 다정함이나 따뜻함이라고는 조금도 없는데, 작가가 일부러 그런 면들을 무시했다는 느낌이 아니라, 아예 그런 감정들을 경험해 본 적이 없는 것 같다는 느낌이었다. 단순히 미국 대도시의 이면이라는 의미에서 다른 세상이 아니라, 세상 자체를 완전히 다르게 지각하는 감수성을 만난 것 같았다.

『내 어둠의 근원』은 그런 글을 쓰는 작가 제임스 엘로이의 회고록이다. 회고록이라고는 하지만 『블랙 달리아』 이후, 그러니까 작가로서 안정적인 삶을 살기 시작한 이후의 삶에 대한 언급은 거의 없다. 책은 작가의 어린 시절과 청년기에 대한 재구성이며, 그 뼈대는 어머니의 살해 사건이다. 1958년, 엘로이의 어머니 진 엘로이가 변사체로 발견된다. 부모의 이혼 후 어머니와 살고 있던 제임스 엘로이는 새로 이사 온 동네인 샌 개브리얼 밸리의 엘 몬테가 처음부터 마음에 들지 않았고 무서웠다. 로스앤젤레스 도심에서 동쪽으로 50킬로미터 떨어져 있는, 이제 막 확장되고 있던 대도시 변두리의 주거 지역 엘 몬테는 이전에는 농지였다. 호두와 오렌지를 재배하고 소를 키우던 땅에 2차 세계대전 후 각종 제조업과 경공업 공장들이 들어섰고, 사람들이 몰려들었다. 일자리를 잃은 동부와 중부의 농민들, 중남미에서 건너온 히스패닉 이민자들, 2차 세계대전과 한국전쟁에서 돌아온 참전 군인들, 이혼 후 대도시에서 버틸 경제력이 없어진 싱글맘들이 대부분이었다. 남자들은 주로 막 생겨난 제조업 공장에서 일했고, 술집을 전전하며 여자를 만나고 당구를 치고 경마 도박을 했다. 여자들은 공장에서 일하거나, 상점 판매원을 하거나, 식당 웨이트리스로 일했다. 그런 남녀들이 밤이나 주말이면 이성을 만나러 술집으로 모여들었다. 제임스 엘로이의 어머니도 그런 밤에 살해되었고, 범인은 그가 『내 어둠의 근원』을 쓸 때까지 (그리고 지금까지도) 잡히지 않았다.

\* \* \*

촬영 첫날이었다. 3월이었고, 전해 사건의 가해 학생들 중 일부가 다시 학교에 등록했지만 제시간에 등교하지 않는 날이 많았다. 그날도 몇 명이 학교에 나오지 않았다. 우리는 선생님 한 분을 설득해 학생들을 데리러 그들 집에 가자고 했다.

학교 뒤의 야산을 돌면 거기서부터는 논밭이었다. 그 사이로 차로 좀 더 달리면 오래전부터 거기 있었던 것 같은 집들이 나오는데, 대부분 단층집이고 벽과 지붕에서 관리하지 않은 티가 났다. 우리가 찾아간 학생은 그런 집들 중 한 곳에 살고 있었다. 형이랑 둘이 사는 집이었지만 빈집에서 아이 혼자 늦잠을 자고 있었다. 깨우는 선생님이 귀찮은 듯 학교에 가지 않겠다고 짜증을 냈다. 예의가 없다고 할 수밖에 없는 학생의 모습에 함께 간 촬영 감독이 흥분했다. "촬영이고 뭐고."라고 중얼거리며 카메라를 내려놓고 당장 집 안으로 달려들어 멱살을 잡을 기세였다. 우선 좀 지켜보자고 말렸다. 옷을 챙겨 입고 눈을 겨우 반쯤 뜬 채 나온 학생이 선생님을 보자마자 한 말은 "배고파요!"였다. 그런 일이 한두 번이 아니라는 듯, 선생님은 아이를 학교가 아니라 국숫집에 먼저 데리고 갔다. 국수를 먹은 학생은 결국 학교에 나왔지만, 수업에는 들어가고 싶지 않다면서 상담실에서 국수를 사준 선생님과 잡담을 하다가, 학습 만화를 보다가, 졸다가 했다.

다음으로 학교에서 받은 벌점이 쌓여서 외부에 봉사를 하러 나간 아이들을 찍을 예정이었다. 요양 시설의 보수공사였다. 삽질을 해서 땅을 파고, 파낸 흙을 외바퀴 수레에 실어 공터에 버리는 모양새가 너무나 자연스러워서, 처음이 아님을 알 수 있었다. 벌점은 왜 쌓였냐고 물었다.

"지각 때문일걸요."

"지각을 몇 번이나 했는데?"

"열 번쯤 한 것 같아요."

"얼마 동안에 열 번?"

"연속으로요."

쉬는 시간에 요양 시설에서 내준 간식을 먹고 놀고 있는 아이는 편해 보였다. 그래서 또 물었다.

"학교 가는 것보다 여기 오는 게 좋아?"

"아뇨, 학교보다 좋진 않아요."

"그러니까, 학교가 싫은 건 아냐, 그치?"

"가면 야단만 치니까……."

이쪽은 전해에 있었던 폭력 사건의 피해자인 아이들이었다. '피해자'라는 건 그 사건에만 해당되는 것이었고, 평소 생활은 모범생과는 거리가 멀었다. 그러니까 전해에 있었던 폭력 사건은 평소 활동 범위나 행동이 그리 다르지 않았던 선후배 아이들이 함께 모여 있다가 선배 쪽에서 후배들에게 폭력을 가한 것이었다. 가해자들은 "장난"이었다고 했지만, 때론 장난의 수위가 외부 사람들의 상상을 넘어선다. 나는 그런 상상 밖의 일에 놀라기 전에, 선을 넘은 장난을 치기까지 아무도 그것이 수위를 넘어선 일이라고 이야기해 주지 않았다는 사실에 더 주목해야 한다고 생각했다.

아이들이 처음부터 '심한' 장난을 치지는 않았을 것이다. 사람은 그렇게 행동하지 않는다. 아마 장난의 수위는 조금씩 높아졌을 것이고, 그것이 규범을 넘어서는 시점까지 그 누구도 알려 주지 않았다. 가해 아이들 본인이 그런 폭력을 가까이서 보며, 때론 그 폭력을 당하며 자라 온 경우도 많았다. 영동고속도로와 중앙고속도로를 수없이 지나다니며 그 지명에 익숙해져 있던 나였지만 그곳에서, 그 '안'에서 벌어지고 있던 '상상을 넘어선' 행동들에 대해 잘 모른다. 그 일들이 나의 상상을 넘어서는 건 내가 그곳을 상상해 보지 않았고, 관심을 두고 지켜보지 않았기 때문이다. 그건 그 지역이 적어도 나에게는 사실상 방치된 곳이었다는 뜻이다.


5년 내내 거의 비슷한 패턴을 반복했다. 눈을 떠 보면 어딘가의 길거리였다. 술과 점심거리를 훔쳤고 도서관에서 책을 읽었다. 식당에서 술과 음식을 시키고는 계산하지 않고 도망쳤다. 아파트에 딸린 세탁실에서 세탁기와 건조기를 부숴 속에 든 동전을 훔쳤다. 벤제드렉스를 먹고는 환청이 찾아오기 전까지 잠깐의 환각을 즐겼다.

아주 많이 걸어 다녔다.(185쪽)

어머니의 사망으로 제임스 엘로이는 다시 아버지와 지내게 됐지만, 아버지는 아들을 키우는 데 적합한 사람은 아니었다.(어머니는 그랬느냐 하는 건 또 다른 문제이지만.) 방치된 10대의 엘로이는 술을 마시고 마약을 했고, 도둑질을 했고, 빈집털이 현행범으로 수감 생활을 했다. 뭘 하든 극단까지 갔다. 말리는 사람은 없었다. 1960년대의 로스앤젤레스는 그런 청소년들을 만들어 내고 있었다. 방치는, 서서히 사람을 훼손시키고 어느 시점이 지나면, 그는 회복이 불가능할 만큼 망가진다. 나는 범죄란 인간의 욕망이 가장 폭력적으로 드러나는 사태라고 생각한다. 훼손된 인간의 욕망이, 그 욕망에 따른 행동이 사회의 규범과 나란히 갈 수는 없다. 그 불일치에 이르기까지, 아무도 그의 행동에 관심을 두지 않았고, 그는 방치된 채였다.

훼손된 인간의 욕망이 행동으로 이어질 때, 그 행동의 무대가 되고 행동에 필요한 자원을 제공하는 것이 그가 있는 공간, 즉 지역이다. 1960년대 로스앤젤레스는 끝없이 경계를 넓히며 확장하고 있었고, 그 중심에는 할리우드가 있었다. 영화는 환상이고 꿈이었다. 재능과 기회가 없었던 청소년에게 그 환상과 꿈에 가장 쉽게 접근할 수 있는 방법은 마약과 섹스였다. 코막힘 치료제를 통째로 삼키면 각성제 효과를 얻을 수 있었고, 확장 중인 대도시 인근에는 낮이면 비는 집이 많았다. 그런 식으로 범죄의 구체적인 세부 사항들이 결정된다. 우리가 촬영한 아이들이 학교 뒤 야산에서 후배 남학생들을 성추행한 것도 어느 정도는 거기 야산이 있었고, 그 야산에는 어른들이 오지 않았기 때문이다.

* * *

촬영이 한창 진행 중이던 어느 날 갑자기 복교생 한 명이 교통사고를 당했다. 3년째 중학교 3학년인 학생이었다. 학교는 다니는 둥 마는 둥 했지만, 용돈이 필요했기 때문에 저녁에 치킨 배달을 하고 있었는데, 배달 중에 오토바이 사고가 났다. 급히 병원으로 갔다. 병상에 누운 아이는 왼쪽 엉덩이부터 발목까지 깁스를 하고 누워 있었다. 크게 다친 건 아니라고 했다. 아이의 옆에는 할머니와 여자 친구가 있었다. 또래로 보이는 여자 친구는 걱정이 가득한 얼굴로 자신의 남자 친구를 지켜보고 있었다.

그해 복교생들을 촬영하며 흥미로웠던 것은 복교생들이 대부분 여자 친구가 있다는 점이었다. 그건 아이들이 소위 '문제아'들이었기 때문이 아니라, 그들에게는 섹스가 가장 쉽게 접근할 수 있는 욕망의 실현 방법이었기 때문일 것이다. 파트너의 마음만 얻을 수 있다면 그 외의 비용은 들지 않는다는 점에서 섹스는 공평하다. 그해 우리가 촬영한 아이들에게 다른 욕망들을 실현할 수 있는 길은 모두 닫혀 있었다. 그런 아이들이 섹스를 통해 친밀함의 힘을 경험하고 거기서 자신의 가능성을 확인한다면, 그건 나무라거나 말릴 일은 아닐 거라고 생각했다. 중학교 3학년을 3년째 다니고 있는 남자 친구의 병상 앞에 앉아 그를 바라보는 여자 친구의 걱정 어린 눈빛에서, 방치의 반대편에 있다고 할 만한 그 눈빛에서 나는 약간의 희망을 보았던 것 같다. '아, 적어도 이 친구는 이런 눈빛을 받고 있었구나.'라는 안도감이었다.

1950년대의 LA로 돌아가 그 오래된 악몽을 나만이 아는 세부 사항으로 개작할 수 있다는 것도 알았다. 그곳은 내가 처음으로 가져 본 또 다른 세계였다. 그 세계의 비밀을 추출해 맥락을 부여할 수 있다. 그 시간과 장소는 내 것이 될 수 있다.(267쪽)

제임스 엘로이가 마약을 끊은 계기는 두 번의 입원 후에,

'이대로 가면 정말 죽을 것 같다.'라는 두려움이었다. 그리고 살아야겠다는 마음을 먹은 후에 그 의지를 지탱해 준 것은 글쓰기였다. 글쓰기와 마약의 차이점은 무엇이었을까? 둘 다 그의 안에 있던 욕망을 채워 준다는 점에서는 같지만, 마약과 달리 글쓰기는 사회에서 받아들여지는 방식이었다는 점 아닐까? 마약을 하고 좀도둑질을 하는 제임스 엘로이가 그때그때 제재를 받기만 할 뿐 계속 방치되었다면, 소설 『블랙 달리아』를 발표한 제임스 엘로이는 사람들의 관심을 얻었다. 그리고 그것을 확인한 그는 계속 글쓰기에 매달렸다. 작가가 된 그가 한동안 자신의 대부분을 형성한 로스앤젤레스를 배경으로 한 범죄소설을 썼다는 점이 마음에 들었다.

『내 어둠의 근원』은 유명 작가가 된 제임스 엘로이가 다시 한번 어머니 살해 사건의 범인을 찾아보려는 시도를 따라 진행되는 회고록이다. 지금의 자신을 있게 한 사건과 그 사건을 낳은 지역을 완전히 떠나는 대신, 오히려 그 바닥으로 내려가 '어둠'을 직시하기로 했다는 점이 이 책의 미덕일 것이다. 그 덕분에 작가 역시 어떤 출구를 마련할 수 있었을 거라고 나는 확신한다. "그 시간과 장소는 내 것이 될 수 있다."라는 문장은 그런 의미다. 나를 괴롭히던 기억을 이제는 내가 통제할 수 있게 되었다는 의미. 그러니까 어떤 시기 어떤 공간이

나를 뒤틀리게 만들었다면, 그 뒤틀림을 풀어내기 위해서라도 그것들을 정면으로 마주해야 한다. 계속 피하기만 한다면 그 기억이 떠오를 때마다 매번 지고 말 것이다. 그 용기, 자신의 어둠의 근원으로 내려가 그것을 직시한 용기가 곧 『내 어둠의 근원』이라는 책의 힘이다. 어떤 시기 어떤 지역의 구체적인 삶들을 독자가 확인할 수 있는 건 덤이다.

* * *

촬영이 한창 진행 중이던 봄, 청소년 상담 전문가와 같이 학교로 갔다. 놀라울 정도로 이야기를 잘 들어주는 상담 선생님이 아이들에게 물었다. '지금 가장 보고 싶은 것'이 뭐냐고. 어떤 아이는 우주가 보고 싶다 했고, 어떤 아이는 바다가 보고 싶다 했고, 또 다른 아이는 엄마가 보고 싶다고 했다. 바다가 보고 싶다고 한 아이는 지금은 함께 살지 않는 아버지와 동해를 봤던 이야기를 했고, 엄마가 보고 싶다던 아이는 백일이 지나자마자 엄마가 집을 나갔기 때문에 지금 어디 있는지 모른다고 했다. 관심을 가지고 한 번 더 귀를 기울일 때 그런 세부 사항이 드러난다. 상담 선생님은 아이들 한 명 한 명의 손을 꼭 잡아 주었다. 그날 아이들은 상담을 마친 후 상담 교실을 깨끗이 정리하고 돌아갔다.

다시 영화 이야기를 하자면, 스티븐 소더버그 감독이 연출한 「트래픽」의 마지막 장면을 좋아한다. 멕시코 마약단을 소탕하기 위해 목숨을 걸고 미국 마약단속국에 협조하던 현지 경찰에게 단속반이 묻는다. 작전이 성공하면 어떤 대가를 원하느냐고. 베니시오 델 토로가 연기한 현지 경찰은 자기 동네에 야구장을 지어 달라고 한다. 그러면 아이들이 총을 들고 서로 싸우는 대신 그 에너지를 야구에 쓰지 않겠느냐고. 다분히 낭만적인 대답이지만, 나는 그런 희망을 믿고 싶은 쪽이다. 감당할 수 없을 만큼의 스트레스를 받은 사람은 뒤틀리게 마련이다. 아직 덜 자란 아이들과 청소년들이라면 말할 것도 없다. 그건 탓할 것이 못 된다. 뒤틀림이 방치되어 범죄로 이어질 때 그 범죄의 세부 사항을 결정하는 것이 환경이다. 그러니 그 환경에 '긍정적인' 세부 사항을 마련해 놓는 것, 그것이 뒤틀린 사람들을 방치하지 않겠다는 의지의 구체적인 표현이다. 그런 '야구장'들이 많이 생기면, 우리는 『내 어둠의 근원』 같은, 한 지역의 특정 시기를 고스란히 담고 있는 귀한 책들도 더 많이 만날 수 있을 것이다.

***

　그해 촬영에 참여했던 복교생들은 모두는 아니지만, 절반 이상이 출석 일수를 채우고 졸업할 수 있었다. 그것 역시 아무것도 하지 않는 방치와, (비록 정답을 모르는 상황에서도) 무언가 하려 했던 의지 사이의 차이라고 지금도 생각하고 있다.

# 10

# 온전한 이야기의
# 희망

신발 공장이 아니라 오래된 창고 같았다. 건물의 천장은 높았고 양쪽 벽에는 커다란 창들이 길 쪽으로 놓여 있어 맑은 날이면 조명을 켤 필요도 없을 것처럼 보였다. 5층 건물의 각 층에 고무장화부터 운동화까지 다양한 신발을 생산하는 라인이 있는, 기계화가 덜 된 공장에서는 노동자들이 자신이 맡은 작업을 익숙하게 해내고 있었다. 고무 밑창을 천으로 만든 갑피에 얹어 프레스로 찍어 내는 공정을 맡은 직원은 혼자 프레스 사이에 서서 묵묵히 반복 작업을 하고, 갑피의 부분들을 접착하는 넓은 테이블에 모여 앉은 중년 여성 직원들은 손이 보이지 않을 정도로 풀칠을 하면서도 수다를 멈추지 않았다. 기계 소리와 사람들의 말소리가 높은 천장에 울려 더 부산하게 느껴지는 공장 내부에서는 무언가 만들어지고 있는 것이 분명했다.

이런 분위기를 좋아한다. 사람들이 움직여 뭔가를 하고, 그 결과 눈에 보이는 물건이 완성되어 가는 곳에선 '생산'이 라는 단어의 뜻을 직접 확인할 수 있다. 그건 속임수 쓰지 않고 온전히 자기 몫을 하는 사람들이 만들어 내는 풍경이다.

> 그러므로 모든 원소는, 젊은 시절 방문했던 계곡이나 해변처럼 각자에게 다른 것을 말하게 된다.(프리모 레비, 이현경 옮김, 『주기율표』(돌베개, 2007), 326쪽)

주기율표를 언제 배웠는지 기억나지 않는다. 아마 중학교 나 고등학교 과학 시간이었겠지만, 알 수 없게 복잡한, 발음도 어려운 외국어 원소 이름과 더 복잡한 분자식을 보며 '이 게 시험에 나오면 틀릴 수밖에 없겠구나.'라고 생각했던 기억 뿐이다. 화학의 세계는 나와는 완전히 다른 세계, 아마 죽을 때까지 제대로 이해하지 못할 것 같은 먼 세계였다. 지금도 다르지 않다.

프리모 레비의 『주기율표』는 1975년에 출간된 그의 회고록이다. 원소 하나마다 자신의 일화를 하나씩 연결하는데, 모두 스물한 개의 원소가 등장한다. 몇몇 이야기는 픽션이지만, 대부분은 저자가 화학자이자 이탈리아와 독일의 파시즘을 겪어 온 유대인으로서 자기 삶을 되돌아보는 성격의 글이다. 1975년이면 프리모 레비가 나치 수용소에서의 삶을 기록한 『이것이 인간인가』, 그리고 2차 세계대전 종전 후 수용소에 수감되어 있던 유대인들이 고국 이탈리아로 돌아오는 여정을 기록한 『휴전』이라는 두 권의 회고록으로 유명해진 시점이다. 그 성공에 고무되었던 것일까, 아니면 이미 50대 후반에 접어들어 한 가지 작업에만 집중하기로 했던 것일까? 그는 25년 넘게 일해 왔던 니스 공장을 그만두고 전업 작가가 되기로 한다. 『주기율표』는 전업 작가 프리모 레비의 첫 번째 책인 셈이다. 그리고 이 책은 수용소에서의 경험이라는 특정 기간을 다루었던 앞의 두 책과 달리 그의 삶을 전반적으로 되돌아본다. 글에 예민한 화학자에서 본격적인 작가로 돌아선 그는 글의 내용 면에서도 더 넓어지고 있었다.(나는 그다음 책인 『멍키스패너』까지, 이 두 권이 프리모 레비의 책들 중 가장 창의적이고 상상력 또한 최고로 발휘된 책이라고 생각한다.) 아마도 전업 작가가 되기로 결심한 직후 그는 작가로서 가장 열정적이고 생산적이었을 것이다.

분주한 신발 공장의 꼭대기 층은 다른 층들과 달리 조용했다. 대부분이 완성된 제품을 쌓아 두는 창고였고, 한쪽 구석에 새로운 제품이나 소재를 실험하는 연구실과 러닝화 모델을 생산하는 작업장만 있었다. 러닝화 작업장에 작업자는 두 명이 전부다. 테이블 앞에서 신발 틀에 맞춰 갑피의 모양을 잡는 중년 여성 한 명과, 갑피와 고무창을 접착해서 신발을 완성하고 깔끔하게 마감을 하는 할아버지 발터였다. 커다란 창문으로 볕이 아주 잘 들고, 그 너머로는 놀랄 만큼 깨끗한 슬로바키아의 자연이 펼쳐져 있었다. 신발 공장이 아니라 도서관이라고 해도 어울릴 법한 조용한 그 공간에서 그렇게 두 사람이 하루에 60~70켤레의 러닝화를 만들었다. 예순넷의 발터는 공장이 있는 파르티잔스케가 고향이라고 했다. 평생 거기서 살았고, 평생 신발만 만들었다.

　"학생이었던 열여섯 살에 방학 동안 용돈을 벌기 위해 시작하게 되었고, 열아홉 살에 정직원이 되었죠. 저는 모든 종류의 공정을 시행하는 기술 부서에서 35년간 일했습니다. [……] 원래 퇴직자이지만 다시 돌아와서 새롭게 만들어지는 모델들의 생산을 도와 달라는 요청이 왔고, 저는 응했어요. 이 일은 저에게 성취감을 줍니다. 저는 일을 즐기고, 우리 상품들이 해외로, 특히 일본과 아시아로 수출된다는 사실이 자

랑스럽습니다."

발터가 현재 만들고 있는 러닝화 모델은 1988년 서울 올림픽 경보 우승자인 요제프 프리빌리네츠가 신었던 신발을 복각한 것이다. 프리빌리네츠는 슬로바키아가 아니라 체코슬로바키아의 국가 대표였다. 자신이 일하는 공장에서 만든 신발을 신은 국가 대표 선수가 올림픽에서 우승을 한 것이었다. 당시 30대 중반이었을 발터 개인에게도, 그리고 1930년대에 신발 공장이 들어서고, 이어 노동자들을 위한 거주 지역이 생기면서 형성된 도시 파르티잔스케에도 전성기였던 시절이다. 한때 1만 5000명이 일했다는 공장의 현재 직원은 채 500명이 안 된다. 그리고 발터는 전성기에 만들었던 신발을 지금 다시 만들고 있다. 그건 그에게 단순한 신발 한 켤레가 아니라 그의 삶을 긍정하게 해 주는 대상일 것이다.

\* \* \*

나는 열쇠로 문을 하나 열었다고, 많은 문들을, 아마 모든 문들을 열 수 있는 열쇠를 갖게 되었다고 생각했다. 나는 여태껏 아무도 생각하지 못한, 캐나다나 누벨칼레도니에 있는 어느 누구도 생각해 내지 못한 것을 해냈다고 생각했다. 나를 이길 자는, 나를 건드릴 자는 없다는 느낌이 들었다. 가까이 다가오는, 다달이 가까워 오는 적들이 눈앞에 있다 해도 그랬다. 마침내 나를 생물학적으로 열등한 존재라고 선언했던 자들에게 결코 저열하지 않게 복수했다는 생각도 들었다.(118쪽)

광산 폐기물에서 니켈을 추출하는 방법을 찾아낸 20대 초반의 화학자 레비의 마음이다. 때는 1941년, 프리모 레비는 최우등 성적으로 화학 박사 학위를 받았다. 하지만 그 증명서에는 그냥 '프리모 레비'가 아니라 "유대인 프리모 레비"라고 적혀 있었다. 이탈리아에서도 '인종법'이 시행되어 유대인 레비는 불가촉천민 취급을 받던 시절이었다. 광산 폐기물을 다루는 비밀스러운 작업에 참여하는 사람들은 신분을 숨겨야 했던 상황이 역설적이게도 유대인 프리모 레비에게 유리하게 작용하여 일자리를 구할 수 있었다. 그에게 일을 제안했던 군인 역시 "서서히 형체를 갖추고 있는 비극을 그대로 받아들이면서 미래를 절망하기에는 너무나 젊은"(97쪽) 사람이었다.

니켈 자체는 하나의 금속일 뿐이다. 하지만 파시즘이 서서히 자신의 삶을 망가뜨리던 시기에 프리모 레비가 마주한 니켈은 그저 금속이 아니었다. 그건 맞서서 이겨 내야 할, 적어도 지지 않아야 할 세상이 던진 시험 같은 대상이었다. 레비는 '무력하다고 느껴서는 안 된다.'라는 각오로 불가능해 보이는 니켈 추출 작업에 매달렸고 결국 성공했다. 그 성공은 경제적인 가치를 떠나 청년 프리모 레비에게 특별한 의미를 띠었다. 광산 폐기물에서 니켈을 추출해 낸 그는 더 이상 독일과 이탈리아의 파시즘이 말하는 '(제거되어야 할) 열등한 존재'가 아니었다. "나를 생물학적으로 열등한 존재라고 선언했던 자들에게 결코 저열하지 않게 복수했다는 생각도 들었다."라는 말은 바로 그런 의미다.

이처럼 『주기율표』에서는 각각의 원소가 그의 인생에서 있었던 특정한 순간과 이어진다. 도무지 감정과 관계없을 것 같은 원소들의 화학적 특징에 특별한 의미가 더해진다. 화학자이자 홀로코스트를 겪은 유대인 프리모 레비 개인만이 부여할 수 있는 특별한 의미다. 그는 몇몇 원소를 다루면서 그 원소의 '화학적 특징'들을 과감하게 인간사에 적용하기도 한다. 도무지 주변 원소들과 화학반응을 일으키지 않는 비활성 기체의 대표 격인 아르곤은 소리 내지 않고 자리를 지키며 살아온 그의 조상들, 즉 이탈리아 유대인들과 어울린다. 식물을 자라게 하고, 뇌에 공급되어 사람을 똑똑하게 만들고, 성냥

머리에 함유되어 불을 일으키고, 젊은 여성들이 자살할 때 먹는 등의 특징 때문에 '감정적으로 중성이 될 수 없는 물질'인 인을 이야기하는 장에서는 자신의 연애 이야기를 한다.

> 약혼자가 있다는 사실과 인종법은 어리석은 변명에 불과했다. 한 여인에게 다가가지 못하는 나의 무능력은, 죽을 때까지 나를 따라다니며 추상적이고 무익하고 갈 곳 없는 욕망에 오염된 인생을 살아가게 할, 항소할 수 없는 유죄판결 같은 것이었다.(184쪽)

다른 남자의 약혼자인 동료 화학자에게 마음을 품고 있지만 차마 그 감정을 드러내지 못하는 자신의 무능함을 가장 '감정적인' 물질인 인과 나란히 적어 간다. 이 글은 화학과 인간의 삶이라는 두 세계에 모두 예민했던 프리모 레비만이 쓸 수 있는 글이었을 테고, 그렇게 이질적으로 보이는 두 세계를 절묘하게 엮어 놓았다는 점이 바로 『주기율표』만의 매력이다. 흔히 사람들은 이러한 절묘함을 '천재적'이라고 표현한다. 하지만 나는 그 표현에 동의할 수 없다. 그건 성실함의 결과일 뿐이다. 아마도 프리모 레비는 주기율표를 앞에 놓고 각각의 원소 옆에 그 원소의 특징이 되는 키워드들을 죽 늘어놓는 작업부터 하지 않았을까? 그런 다음 그것들을 다시 자신의 인생에 대입해 보았을 것이다. 그 과정에서 떠오른 인물들이나 사건들을 또 적었을 테고, 그렇게 하나의 원소와 인생의 사건을 이어 놓은 후에는 구체적으로 자신의 과거를 되살려 냈을 것이다. 이 글은 기초부터 아주 차근차근 다져 가며 쌓아 올린 건축물 같은 책이다. 화학자 레비와 홀로코스트를 겪은 유대인 레비가 작가 레비 안에서 하나가 된다. 그런 의미에서 『주기율표』를 쓴 후 그의 인생은 스스로에게도 온전히 하나가 될 수 있었을 것이다. 성실함의 대가로 찾아낸 온전함이므로 그것은 더욱 건강하고 더 좋은 귀감이 된다.

* * *

"당신 바로 뒤에 있는 허물어지고 있는 건물은 원래 사람들이 열심히 짓고 있던 것이에요. 저는 대체 무슨 일이 벌어지고 있는 것인지 잘 이해가 안 돼요. 철거되는 게 먼저가 아니에요. 모르겠어요. 우리가 살고 있는 이 시대를 이해하지 못하겠어요."

신발 장인 발터는 이렇게 말하고 나서 울음을 터뜨렸다.

"철거되는 게 먼저가 아니에요."라는 말은 나중에 통역자가 해석해 준 바에 따르면, '저렇게 철거가 되기 전에 저 건물을 지었던 때도 있지 않았겠느냐'라는 의미에 가깝다고 했다. 발터가 전성기로 회상하는 1980년대 후반에는 아직 소비에트 연방이 해체되지도 않았고, 슬로바키아는 체코와 함께 체코슬로바키아 연방을 구성하고 있었다. 파르티잔스케에서 생산되는 신발은 체코슬로바키아뿐 아니라 소련을 포함한 사회주의권 전역으로 수출되었다. 하지만 소련 해체를 시작으로 체코와 슬로바키아가 분리되고, 중국과 동남아시아에서 새로운 공장들이 등장하면서 슬로바키아산 신발을 팔 곳들은 점점 줄어들었고, 종업원들도 대부분 공장을 떠났다. 이제 쓰이지 않는 공장 건물들은 헐리거나 다른 용도로 임대되었다. 우리가 촬영하는 동안에도 발터가 일하는 공장 바로 뒤의 건물을 열심히 허무는 중이었다. 말하자면 발터는 자기 손으로 전성기의 모델을 제작하면서, 건물 창 너머로는 그때의 건물이 허물어지는 광경을 지켜보는 셈이었다. 그는 그 모순을 어떻게 받아들일까? 그의 눈물은 아직 그가 그 상황을 온전히 받아들이지 못하고 있다는 증거였다.

누구나 여러 개의 삶을 산다. 어떤 삶들은 동시에 닥치고, 어떤 삶들은 시간을 두고 차례대로 찾아온다. 하지만 하나의 몸을 가진 우리는 어쩔 수 없이 그 여러 개의 삶을 내 안에서 '납득이 되게' 하나로 구성하려 한다. 동시에 두 개의 삶을 사는 사람들에게 그 고민은 현재형이고, 지나고 보니 여러 개의 삶을 보내야 했던 사람에게는 과거형일 것이다. 그와 상관없이 '납득이 되게 하나로 구성하는 행위'가 바로 이야기이며, 그런 의미에서 이야기하려는 욕망은 하나의 몸을 가진 개인으로서 버릴 수 없는 욕망이다.

안정된 시대, 비교적 부침이 없는 삶을 살아온 이에게 여러 개의 삶은 사실 큰 격차를 보이지 않을 것이다. 그러니까 큰 가난을 겪지 않았고, 소위 명문대를 졸업했고, 어찌어찌 안정된 직장에 20년 가까이 다니고 있는 나는 방송사 피디이면서 번역가이기도 하지만, 나에게 그 두 가지 삶은 같은 운동장에 나란히 뻗은 두 개의 트랙을 달리는 정도의 차이일 뿐이다. 프리모 레비의 경우는 다르다. 평온한 시대를 살았다면 그는 훌륭한 화학자로서 안정적으로 지낼 수 있었을 것이다. 그러나 그는 20세기 중반에 삶의 전성기를 보내야 했던 유대인 화학자였다. 그 두 삶은 어떻게 '납득이 될 만한' 하나의 이야기로 구성될 수 있을까? 프리모 레비가 이런 질문에 대한 대답으로 『주기율표』를 기획했는지 확인할 방법은 없다. 하지만 책이 나온 지 40년도 더 지난 시점에 그의 책을 읽

으며 내가 큰 울림을 경험한 것은 전혀 달라 보이는 세계들이 한 개인의 인생 안에서 온전히 하나가 된 결과물을 본 것 같아서였다. '아, 이 사람은 해냈구나!' 하는 감탄과 어쩔 수 없는 부러움. 그러니까 그렇게 격차가 큰 두 경험을 하나의 이야기로 묶어 낸 그 성취가 부럽다.

\* \* \*

예순네 살의 발터는 혼자 지낸다고 했다. 기타 연주가 수준급이고 노래도 꽤 잘하는데 술에 취해서 보내는 밤이 많다고, 그의 공장 동료가 나중에 슬쩍 알려 주었다. 격차가 큰 경험들을 겪은 사람이 그 격차를 감당하지 못할 때 흔히 택하는 방법이 무엇엔가 취하는 것이다. 다른 사람들에게 해를 끼치지만 않으면 그렇게 취해서 지내는 것도 괜찮은 선택이라고 나는 생각한다. 차마 생산적이라고는 못 하겠지만 모든 삶이 꼭 생산적이어야 할 필요는 없을 테고, 생산적인 걸로 말하자면 열여섯 살 때부터 50년 가까이 같은 공장에서 신발을 만들어 온 신발 장인에게 들이댈 잣대는 아닌 듯하다. 그가 만들어 온 신발의 양만으로 그는 이미 자기 몫은 다 해낸 것이 아닐까. "(신발을 만드는) 이 일은 제 삶의 일부이고, 저나 제 동료들이 하는 일이 다른 사람들의 삶에 기쁨과 만족감을 주면 좋겠다고 생각해요."

누구나 여러 개의 삶을 산다. 여러 개의 삶을 하나의 몸으로 살아야 하는 조건 속에서 그 삶들의 격차 앞에 절망으로 무너지거나 분열하지 않고, 품위를 잃지 않고, 어떤 삶도 외면하지 않고 모두 품은 채 하나의 이야기를 만들어 내는 데 성공한 사람은 그 격차만큼 깊이를 지닐 것이다. 『주기율표』는 그런 깊이를 보여 주는 전범이 되었다. 그리하여 아무래도 포기할 수 없는 '온전한 이야기'의 욕망을 여전히 품고 있는 사람들의 희망을 지켜 준다. 책이 독자에게, 다른 이의 삶이 그 삶의 이야기를 듣는 이에게 주는 희망이다.

\* \* \*

신발 장인 발터가 만든 신발을 한 켤레 사 왔다. 지금까지 잘 신고 있다.

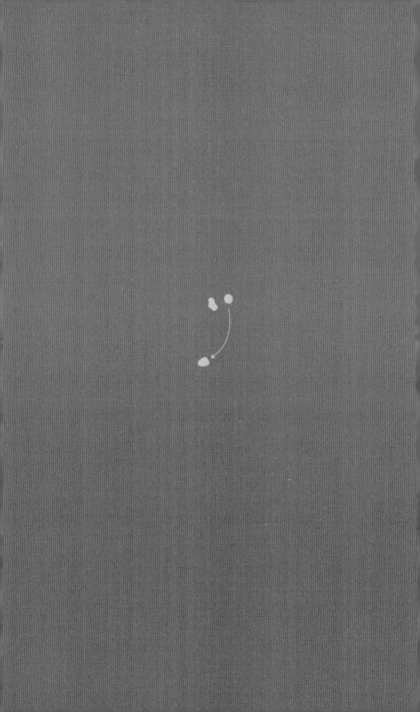

# 11

# 떠나온 자들의
# 세계

누구나 쓸쓸한 어떤 시기를 지난다. 그 시기가 얼마나 지속되는지는 사람마다 다를 것이고, 거기서 벗어나는 계기도 다를 것이다. 어떤 이들은 쓸쓸함을 삶의 기본값으로 인정해 버리고 살아가기도 한다. 타인이 선물이라면 선물이라는 것이 원래 그렇듯, 그것은 받는 쪽에서 요구할 수 없는 것이다. 선물의 이런 특성을 아는 이들은 선물이 영원히 주어지지 않더라도 그 상황에 자신의 마음과 몸을 맞춰 간다. 적어도 타인과 관련하여 아무것도 기대하지 않는 삶도 어느 정도 지속된 후에는 그 자체의 안정된 리듬을 지닐 것이고, 안정된 리듬이 있는 삶이라면 얼마든지 이어 갈 수 있다. 물결이 전혀

일지 않는 수면 같은 고요한 생활을.

　제발트의 『이민자들』은 그처럼 '기대하지 않는 삶'을 살았던 네 인물에 대한 초상, 혹은 그들이 남긴 흔적들의 모음이다. 책의 원제 Die Ausgewanderten을 어원을 따져서 직역하자면 '추방되어 방랑하는 자들' 정도가 될 듯하다. 체계 안에서 정해진 길을 가는 이들이 아니라 틀이 없는 바깥에서 목적지도 없이, 길이 없는 곳을 걷고 있는 사람들. 이 책을 소설로 봐야 할지, 논픽션으로 봐야 할지에 대해 여러 이야기가 있지만, 그런 구분은 내가 하고 싶은 이야기와는 큰 관련이 없다. 다만 나는 낯선 지명의 땅에서 고독한 삶을 이어 갔던 낯선 이름의 네 인물, 그리고 끝까지 쓸쓸했던 그들의 삶과 그 삶을 재구성하려 했던 제발트의 글에서 역설적으로 어떤 희망을 보고 기대를 품게 되었을 뿐이다. 그러니까 이 글은 쓸쓸함이 아니라 기대에 관한 글이다.


＊ ＊ ＊


　당시 나는 세상에서 버려진 듯한 이상한 감정에 휩싸여 삶에 작별을 고하고 싶은 기분에 빠질 때가 잦았다. 그 괴상

하면서도 쓸모 있는 기계가 밤이면 은은한 빛으로, 아침이면 나지막하게 물 끓는 소리로, 한낮에는 그냥 가만히 제자리를 지키는 것으로 내 삶을 지탱해 주었던 것 같다. 그 11월의 오후, 그레이시는 내게 차 만드는 기계의 간편한 조작 방식을 가르쳐 주면서, 아주 쓸 만해요(Very useful, these are)라고 말했다. 그녀 말대로 그 기계는 내 삶을 지탱해 줄 만큼 쓸 만했다.(W. G. 제발트, 이재영 옮김, 『이민자들』(창비, 2019), 195쪽)

『이민자들』의 화자는 스물두 살이 되었을 때 독일을 떠나 영국으로 이민을 하기로 정한다. 자신이 살던 땅에서 스스로 '추방되어 방랑하기'로 한 결정이었다. 맨체스터는 그가 처음 발을 디딘 영국 땅이었다. 택시를 타고 '너무 비싸지 않은 호텔'로 데려가 달라고 부탁했고, 기사가 내려 준 호텔의 주인은 환영의 뜻으로 차 만드는 기계를 전해 준다. 스스로를 추방한 이유는 알 수 없지만 아마도 그는 쓸쓸했을 것이다. 견딜 수 없는 무언가를 버리기는 했는데, 아직 마음을 둘 새로운 대상을 만나지 못했을 때는 그렇지 않을 도리가 없다. 낯선 땅, 낯선 감각 사이에서 화자에게 안정감을 주었던 것, 삶을 '지탱'하게 도와주었던 리듬은 차 만드는 기계의 규칙성, 예측 가능한 기계의 움직임이었다. 예측할 수 있다면 불안해하지 않아도 된다. 화자에게는 그 대상이 '차 만드는 기계'였던 것이다. 그리고 그렇게 하루하루 삶을 지탱하던 중에 자신이 느끼는 쓸쓸함을 삶의 조건으로 인정해 버린 인물을 알아본다.

버려진 것처럼 보이는 그 건물들 가운데 하나가 아뜰리에로 사용되고 있었다. 그리고 1940년대 말부터 매일 열 시간씩, 일요일도 거르지 않고 작업하는 화가가 거기 있었다. (202쪽)

"적어도 어딘가를 향하고 있다는 느낌이나마 얻고자"(197쪽) 무작정 맨체스터 시내를 배회하던 화자는 버려진 건물을 작업실로 쓰고 있는 화가 막스 페르버를 만난다.(이 화가의 모델은 실존 인물인 프랭크 아우어바흐. 그의 작품이 실제로 『이민자들』의 초판에 실리기도 했는데, 후에 화가 본인의 요청으로 삭제되었다고 한다. 『이민자들』이 픽션인지 논픽션인지를 논할 때 자주 언급되는 사실이다.) 페르버 역시 화자보다 어렸던 열다섯 살에 독일을 떠나 영국에 정착한 인물이다. 서로의 쓸쓸함을 알아본 두 사람은 이야기를 나누고, 마사이족 족장 출신이라는 80대 노인 와디 할파가 운영하는 식당에서 함께 식사를 한다. 와디 할파 또한 2차 세계대전 후 케냐를 떠나 알 수 없는 경로를 지나서 영국 북부에 도착했고, 거기서 요리사가 된 인물이다. 그 식사 자리는 그야말로 추방된 사람들, 혹은 떠나온 사람들의 연대라고 할 만한 정경이었다.

* * *

중국 선양 시립어린이도서관의 휴일이었다. 연암 박지원의 『열하일기』를 따라가는 다큐멘터리를 촬영 중이었다. 건륭제의 생일 축하 잔치에 참석하기 위해 베이징으로 떠났던 사행단에 끼어 여정에 나선 연암은 선양에서 소현세자를 떠올렸다. 병자호란 후 본인의 의사와 상관없이, 60만 명의 포로와 함께 청나라에 볼모로 잡혀 와 있던 소현세자 역시 익숙한 땅을 떠나온 인물이었다. 이후 조선의 사신들은 베이징에 갈 때마다 선양의 조선관에 머물고 있던 소현세자를 찾아가 안부를 묻곤 했다. 우리가 촬영하려 했던 어린이도서관은 바로 그 조선관이 있었을 것으로 추정되는 위치에 있었다. 어린이도서관 내부 촬영을 할 수 없게 된 우리는 건물 외관만 찍은 후에 닫힌 철문 앞에 앉아 다음 일정을 고민했다. 형광

주황색 조끼를 입은 청소부가 도서관 주변의 공원을 쓸고 있었고, 한 아주머니가 도로에서 그대로 아이의 바지를 내리고 오줌을 누였고, 도서관 앞의 4차선 도로에는 차들이 분주하게 움직이고 있었다. 급하지 않은 걸음으로 거리를 오가는 사람들 틈에서는 이따금 한국어가 들리기도 했다. 당시 선양에 사는 재중 동포만 10만 명이라고 했다. 때는 5월이었고, 철문 안 어린이도서관의 정원에는 꽃들이 활짝 피어 있었다.

포로라고는 해도 한 나라의 세자를 함부로 다룰 수는 없었던 걸까? 청나라 측에서는 신기한 새나 짐승, 꽃이 들어오면 조선관에 보내 세자에게도 구경을 시켰고, 한 달에 세 번씩 황궁에 불러들여 자신들의 제사를 참관하게 했다. 볼모로 잡혀 온 지 5년 후, 조선관의 식량을 자급자족하라는 청 황제의 명이 떨어지자 세자와 세자비는 농작지를 받아 관리해야 했다. 너무나 다른 삶에 던져진 세자는 아마 쓸쓸했을 것이고, 한국에서 찾아오는 손님들이 반가웠을 것이다. 소현세자의 흔적을 살피던 연암은 본인의 의사와 상관없이 익숙한 삶을 떠나야 했던 세자의 심정을 그리며 "어떻게 머물고 어떻게 가며, 어떻게 참고 어떻게 놓았겠는가."라고 적었다. 머물고 참는 이는 소현세자였고, 가고 놓는 이는 베이징 가는 여정에 본국의 세자를 살피러 왔던 신하들이었다. 어차피 다른 할

일이 있었던 신하들이야 그렇다 치고, 소현세자의 마음은 어땠을까? 떠나와서 쓸쓸한 이들은 어떻게 돌아가지 않고 머물 수 있고, 어떻게 그 미련을 견딜 수 있는 것일까?

파괴의 시간이 지나간 뒤에 그 사람들이 얼마나 철저하게 침묵하고, 모든 것들을 감추고, 때로는 실제로 잊어버리기도 했는지요.(65쪽)

『이민자들』에 등장하는 첫 번째 인물은 화자의 초등학교 시절 선생님이다. 아마도 40대로 보이는 화자는 자신의 기억에 깊은 인상을 남겼던 선생님의 자살 소식을 접한다. 지역신문을 봐도 죽은 교사에 대한 공적만 있을 뿐, 그 사람의 생각 혹은 마음의 상태를 알 수 있는 단서는 없다. 그래서 화자는 마을로 돌아가 그 교사의 삶을 직접 재구성해 보기로 한다. 존 버거는 "가끔은 한 문장을 반박하기 위해 한 인생 전체를 이야기할 필요가 있다."라고 했다. 『이민자들』의 화자 역시 자살한 은사 파울 베라이터의 "마음속에 무엇이 들어 있는지"(40쪽) 알아보고 싶었고, 그가 택한 방법은 자신의 기억 속에 있는 파울과 관련한 모든 디테일을 제시하는 것이다. 자신이 마을에 도착한 때부터 시작해서 남은 기록들, 사진들,

그와 나눈 대화들, 그와 있었던 일화들 전부를. 전학 첫날 화자가 입고 갔던 사슴이 그려진 스웨터, 파울 선생님이 직접 그린 교실의 배치도, 이전 선생님이 학생들이 창밖을 보지 못하도록 발라 놓은 석회 도료를 파울 선생님이 꼼꼼하게 벗겨낸 일, 일요일이면 선생님이 교회 종소리가 듣기 싫어서 산에 올라가 버리던 일 같은 것들……. 기억에서 끄집어내고, 생전의 그를 기억하고 있던 다른 이들의 증언을 통해 알게 된 정보들을 하나로 모아 놓은 글은, 한 개인과 관련해 다른 한 개인이 모을 수 있는 모든 디테일의 총합이다. 그것이 글의 대상이 되는 이가 살았던 세계의 완성된 재현이라고는 할 수 없지만, 적어도 타자의 삶을 재구성해 보고 싶은 인간이 이해할 수 있는 한에서는 그의 모든 것이다.

화자에게 파울 베라이터의 이야기를 해 준 란다우 부인은 파울을 "내면의 고독 때문에 마음이 헐어 버린"(59쪽) 사람이라고 묘사한다. 『이민자들』에 등장하는 네 인물 모두 그러하다. 각자가 겪어야 했던 '마음이 헐어 버릴 만한' 일이 무엇이었는지 구체적으로 제시되지는 않는다. 아마도 글이 쓰인 시기를 생각하면 전쟁과 관련된 일이었을 가능성이 커 보이며, 또 그렇게 암시되고 있지만, 그 경험들을 밝히는 것이 이 글의 관심사는 아니다. 『이민자들』은 다만 단절 '이후'의 삶, 헐어 버린 마음이 구체적으로 드러나는 모습들을 기록할 뿐이다.

\* \* \*

소현세자가 머물렀던 세자관 자리에서 멀지 않은 곳에 있는 서탑 시장은 중국 동북부에서 가장 큰 한인 시장이다. 일제강점기 만주로 이주를 결심한 조선인들이 기차에서 내렸던 종점이 선양(당시 이름은 봉천)이었고, 서탑 시장은 병자호란 후 청나라에 팔려 간 조선인 노예들이 거래되던 시장이기도 했다. 2016년 당시 서탑 시장의 입구에는 환영 인사가 한국어와 중국어로 나란히 적혀 있었지만, 그 땅은 또한 환영을 바라지 않았던 사람들, 애초에 떠나오고 싶지 않았던 사람들의 삶이 펼쳐지는 장소이기도 했다.

시장에서 재중 동포 3세를 만났다. 20대의 여성이었고, 일제강점기에 할아버지가 헤이룽강과 접해 있는 러시아로 이민을 떠나 아버지 대에서 중국 헤이룽장성에 정착했고, 본인은 한국인 마을에서 자란 후 대학을 졸업하고 취직해 선양으로 왔다고 했다. 세 세대가 거쳐야 했을 굴곡을 말로 정리하면 이렇게 간단해진다. 하지만 그렇게 간단해서는 안 될 것이다. 세대가 세 번 바뀌는 동안 국경을 넘기로 한 할아버지의 결심이 있었고, 헤이룽강을 넘어 중국에 정착한 아버지의 이주가 있었고, 할아버지의 언어와 태어난 땅의 언어라는 두 개의 언어로 사고하는 그녀의 일상이 있다. 그녀는 일 때문에 한국인 사업가들을 자주 만나는데, 어느 자리에선가 "왜 재중 동포들은 우리 문화를 지키지 못하고 중국에 동화되는가?"라는 질문을 받고 참을 수 없이 화가 났다고 했다. 화가 날 만한 질문이었다. 소위 한국의 고유문화라는 것과 중국의 동화정책이라는 큰 틀로 재단할 수 없는 '디테일'들이 있기 때문이다.

단둥을 거쳐 선양까지 육로로 이동하는 동안 제작진이 마주친 풍경은 낯설었다. 만주라는 벌판의 황량함이 낯설었고, 그 황량함을 조건으로 살아가는 사람들의 삶의 풍경 또한 마찬가지였다. 고향과는 다른 바람과 흙, 그 바람과 흙이 만들어 내는 먹거리는 그대로 조선인 이민자들의 삶의 디테일이 되었을 것이다. 서탑 시장에서 만난 재중 동포 3세의 할아버지 때부터라고 하면, 아마도 70~80년은 족히 될 듯한 시간 동안 디테일들이 쌓여 왔다. 삶의 조건과, 그 조건에 대한 반응이 모두 그런 디테일을 구성한다. 그들의 삶은 한국의 고

유문화도 아니고 중국에 동화된 것도 아니다. 그냥 그들의 삶이다. 한국인 사업가의 질문은 그 70~80년어치의 디테일을 무시해 버렸고, 그런 무시를 받은 당사자가 화를 내는 것은 당연했다.

　　내가 서 있는 자리는 회계원 게네바인이 사진기를 들고서 있던 바로 그 자리이기 때문이다.(303쪽)

　타인의 삶을 재단하지 않은 채 전하는 것이 가능할까? 나는 『이민자들』에서 제발트가 보여 준 방식이 하나의 본보기가 될 거라고 생각한다. 우선 대상이 되는 사람과 관련한 디테일을 확보한다. 많으면 많을수록 좋겠다. 그런 다음엔 그가 살았던 공간으로 가 그가 보고 들은 것들을 나의 몸으로 확인한다. 제발트는 파울 베라이터가 자살한 선로에 직접 누워서 그가 마지막으로 보았을 풍경을 확인하기까지 했다. 그런 다음엔 그렇게 확인한 정보들과 '그의 자리에서' 체험한 감각들을 재료로 하나의 세계를, 글의 대상이 되는 인물이 살았을 것 같은 세계를 재구성하는 방식을 시도한다.
　『이민자들』의 감동은 작가의 노력으로 재구성된, 한 개인의 디테일들이 만들어 내는 세계가 주는 감동이다. 그것은

1950년대 초 알제리를 그대로 옮겨 놓은 듯한 알베르 카뮈의
『최초의 인간』, 혹은 한 건물의 역사와 거기서 살았던 사람들
의 삶을 고스란히 전하는 조르주 페렉의 『인생 사용법』 같은
책에서 받는 감동과 비슷하다. 어떤 글은 이야기가 아니라,
하나의 세계를 재구성해 제시함으로써 독자의 마음을 붙잡
아 놓기도 한다.

　누구나 쓸쓸한 어떤 시기를 지난다. 어떤 이는 타인이라
는 '선물'에 대한 기대를 완전히 접어 버리기도 한다. 하지만
그 역시 쓸쓸한, 혹은 쓸쓸했던 타인의 삶을, 그가 살았던 세
계를 볼 수 있다면? 동시대 같은 공간에 있지 않지만 나와 같
은 것을 알아보았던 이들이 어느 시기 어딘가에 있었음을 확
인할 수 있다면? 제발트의 『이민자들』이 품게 하는 기대란 그
런 것이다.

# 12

# 우리는
# 남이다

 

돌아오는 항공권을 변경했다. 캐나다 토론토에서 시작해 뉴욕, 보스턴, 위스콘신, 애리조나를 지나온 3주짜리 북미 출장의 마지막 일정이었다. 토론토에서 성소수자들을 만나고, 뉴욕과 보스턴에서 조로증 자녀를 둔 부모들을 만나고, 위스콘신에서 자살한 성소수자의 부모와 친구들을 만나고, 애리조나에서는 자폐아들과 가족들을 만났다. 3주 동안 만난 이들은 나로서는 상상할 수 없는 조건에서 지내는 사람들이었다. 다른 조건에서 이루어지는 그들의 일상을 가까이에서 지켜보고 그들의 이야기를 들었다. 그 이야기들을 이해했다고 할 수는 없지만, 그들의 이야기를 전하는 일은 꽤 필요해 보

였고, 그만큼 3주의 미국 출장은 의미가 있었다. 그리고 3주
내내 만나 보려고 시도했지만, 끝내 약속을 잡을 수 없었던
사람이 있었다. 그가 출장 마감을 이틀 앞두고 우리를 만나
겠다고 했다. 애리조나에서의 일정을 마친 우리는 라스베이
거스로 이동해 귀국할 계획이었지만, 이제 그를 만나러 샌프
란시스코로 가야 했다.

분명 퍼즐 한 조각이 빠져 있다. 그걸 찾아내면 모든 게
달라질 것이다.(엠마뉘엘 카레르, 윤정임 옮김, 『적』(열린책들, 2005),
13쪽)

1993년 1월, 스위스와 국경을 마주하고 있는 프랑스 젝스
지역의 한 가정집에서 불이 났다. 아버지를 제외한 어머니와
두 아이가 사망했다. 소식을 들은 아버지의 삼촌이 멀지 않은
곳에 살고 있던 형과 형수에게 소식을 전하려 했지만, 두 노
인도 이미 총에 맞아 사망했음을 알게 되었다. 일가족 중 할
아버지와 할머니, 어머니, 그리고 두 자녀가 사망하고, 아버지
만 살아남았다. 며칠 후 프랑스 사회가 발칵 뒤집힌다. 살아
남은 그 아버지가 나머지 다섯 명을 살해한 범인이었던 것이
다. 살인자 장 클로드 로망은 먼저 부모를 총으로 쏴 죽인 후,

아내와 두 자녀가 자고 있는 집에 돌아와 불을 질렀다. 다른 프랑스인들과 마찬가지로 사건에 큰 충격을 받은 카레르는 이 이야기를 글로 써야겠다고 생각한다. 그리고 대담하게, 혹은 무모하게 장 클로드 로망에게 인터뷰를 요청하는 편지를 쓴다. 그 편지의 답장에 따라 카레르가 쓰는 글의 성격이 결정될 것이다.

> 만일 놀랍게도 로망이 나와 이야기하는 걸 수락한다면(편지에 격식을 차려 썼듯이 날 "받아 준다면"), 예심 판사와 검찰 혹은 변호사가 반대하지 않는 한, 내 작업은 생각지도 않았던 흐름 속으로 날 이끌어 갈 것이다. 만일 로망이 답변을 하지 않는다면, 그럴 가능성이 가장 크긴 한데, 난 사건으로부터 '영감을 받은' 소설을 쓸 것이고 이름과 지명, 상황을 바꿔 내 맘대로 이야기를 꾸며 낼 것이다. 그것은 픽션이 되는 거다.(31쪽)

로망의 답장은 2년이 지난 후에야 도착한다. 이제 카레르의 글은 논픽션이 되고, 카레르는 자신의 상상이 아니라, 관찰과 증언과 답사를 통해 자신이 쫓는 인물의 삶을 '객관적'으로 재구성하려고 시도한다. 그렇게 완성된 책 『적』은 카레르의 대표작이 되었고, 픽션과 논픽션의 경계를 오가는 듯한 문장은 독보적이다. 타인에 대한 감정이입의 한계와, 타인의 이야기를 어떻게 받아들일 것인가에 대한 고민을 이렇게까지 깊이 파고들고, 그 과정에서 자신의 경험과 속마음을 거리낌 없이 드러낸 문장들을 만나기는 처음이었다.

\* \* \*

J 씨를 만나기로 한 미션 디스트릭트는 미국 성소수자들의 성지라고 했다. 원래는 중남미계 이민자들이 많이 살던 구역이고, 그곳으로 모여든 가난한 젊은이들 중에는 성소수자들도 많았다. 상가의 벽을 치장하고 있는 벽화와(그중에는 동성애를 암시하는 이미지들이 많다.), 흘러넘치는 마리화나 향과, 거리를 오가는 다양한 인종들은 과연 뭔가 통제를 벗어난, 보기에 따라 자유롭다고 할 수도 있고 제멋대로라고도 할 수 있는 분위기를 풍겼다. 그런 구역의 한 레스토랑에서 J 씨는 또 다른 한국계 3세 성소수자와 함께 우리를 기다리고 있었다. 식사를 하기 전이었던 두 사람은 파스타와 마티니를 시켰고, 이미 점심을 먹었던 나는 그냥 오렌지주스를 시켰다. 우리

는 영어로 이야기했다.

J 씨는 혼혈인이었다. 주한미군이었던 아버지는 그의 존재를 아는지 모르는지 복무를 마치고 미국으로 돌아갔고, 혼자 아이를 낳은 그의 어머니는 아직 갓난아기였던 그를 입양기관에 맡겼다. 그는 아버지의 나라 미국으로 입양되었고, 청소년이 되었을 때 자신이 성소수자라는 것을 깨달았다. 고아, 혼혈인, 입양아, 성소수자…… 성숙하지 못한 세상에서라면 하나하나가 모두 차별의 대상이 될 수 있는 특징들이다. 차별을 다룬 다큐멘터리를 제작하고 있던 나로서는 그런 요소들이 겹쳐 있는 그의 삶이 궁금했다. 이제 30대가 된 그는 성소수자 단체에서 활동가로 일하고 있었다. 그건 그가 자신이 지닌 '차이'를 받아들였다는 뜻일 테고, 차별이라는 폭력에 맞서 그렇게 자신을 지키고 있는 이의 이야기를 나는 어떻게든 전하고 싶었다.

하지만 J 씨는 아직 마음을 정하지 못하고 있었다. 성소수자의 권리를 지키는 일에 누구보다 열심이지만, 정작 자신의 이야기를 공개적으로 밝히는 일에는 자신이 없다고 했다. 그래서 우리를 직접 만나서 이야기를 듣고 싶었지만, 정작 만나고 나서도 확신은 서지 않는다고 했다. 프로그램의 의도를 직접 이야기해 주는 것 외에 내가 할 수 있는 일은 없었다. 우리는 마티니와 오렌지주스를 마시며 그렇게 영어로 띄엄띄엄 대화를 이어 갔고 마침내 그는 최종적으로 인터뷰를 할 수 없겠다고 했다. "제 자신부터 아직 저의 삶을 이해할 수 없습니다. 그러니 그것을 조리 있게 전하는 것은 말할 것도 없습니다."라는 것이 거절의 이유였다. 나는 알겠다고 했다. 그는 일부러 샌프란시스코까지 와 줬는데 미안하다고도 했다. 나는 그건 신경 쓰지 말라고, 시간 내줘서 고맙다고 했다. 우리는 남은 식사를 마치고, 악수를 하고 헤어졌다.

나는 사람이 다른 사람의 입장이 되어 볼 수는 없다고 생각합니다. 그래서도 안 되고요. 할 수 있는 일은 자신의 자리를 가능한 한 충실하게 지키면서, 다른 누군가가 된다는 것은 어떤 일일지 상상해 보려고 애쓰는 것이지요. 하지만 그런 상상을 하고 있는 것은 당신 자신입니다. 그게 다예요.("Emmanuel Carrère, The Art of Nonfiction No. 5," *Paris Review*, No. 206(2013), "How Emmanuel Carrère Reinvented Nonfiction," *The New York Times*(2017년 3월 5일 자)에서 재인용)

작품 속에서 카레르는 인물의 마음 상태에 대해선 확정적으로 말하지 않고 짐작만 한다. 인물들 사이의 대화가 직접 인용되는 경우는 거의 없다. 모든 대화는 실제 인물들의 증언을 통해 간접적으로만 제시된다. 아닌 게 아니라, 앞의 첫 번째 인용문에서 "퍼즐"을 '범인'으로 바꾸면, 글쓰기의 소재에 접근하는 카레르의 방식은 사건을 해결하려는 탐정이나 수사관의 태도와 비슷하다. 직접 범인이 될 수는 없는 수사관처럼, 카레르 역시 자신이 이야기하는 인물들 '안으로' 들어가지 않는다. 그의 글에서 느껴지는 건조함, 혹은 대상과의 거리감은 그런 접근법에 따른 필연적인 결과라고 해야 할 것이다. 대신, 엠마뉘엘 카레르의 글에는 항상 작가 본인이 등장한다. 이름만 빌린 가공의 인물이 아니라, 실제 글을 쓰고 있는 모습, 더 자주는, 무언가에 막혀 자신의 글쓰기에 대해 회의하는 작가의 모습 그대로 말이다.

『적』에서 카레르는 충격적인 살인 사건을 접한 후 비슷한 시기 자신의 주변에서 있었던 사망 사건에 대해 말하는 것으로 이야기를 시작한다. 너무나 멀리 있는, 도무지 이해할 수 없는 사건 앞에서, 살인자의 이야기와 자신의 이야기 사이의 접점은 우선 '아름다운 이의 죽음'이었다. 그런 접점은 책이 진행되면서 더 자주 등장한다. 장 클로드의 첫 번째 '중요한' 거짓말을 이야기하면서, 자기 인생에서 비슷한 의미를 가지는 거짓말을 떠올린다. 장 클로드가 해외 출장을 간다는 거짓

말을 하고 실제로 며칠씩 묵곤 했던 휴양도시의 주차장에 그 역시 차를 세운 다음, 그곳에서 장 클로드가 보냈을 시간을 상상해 본다. 그렇게 작가 엠마뉘엘 카레르는 살인자 장 클로드 로망의 경험을 자신의 경험과 비교한다. 하지만 그는 장 클로드의 감정을 똑같이 느꼈다고는 단 한 번도 말하지 않고, 그의 '이유'를 알 것 같다고 말하지도 않는다. 글 속의 인물과 자신이 얼마나 다른지를 차근차근 이야기하는 그의 책을 다 읽고 났을 때, 독자들이 얻는 것은 호의적이지 않은 세상에 맞서기 위해 거짓으로 자신만의 세계를 구성한 한 남자의 초상이며, 그의 이야기를 받아들이는, 혹은 받아들이지 못하는 작가 자신의 모습이다. 둘은 결코 '우리'가 되지 못한다.

* * *

　J 씨를 섭외하려던 나의 계획은 실패했다. 프로그램만 생각하면, 그의 이야기가 포함되는 편이 훨씬 나았을 것이다. 하지만 그를 설득할 수 없었다. 스스로도 '이해할 수 없다'는 삶에 대해, 나는 안다고, 그러니 나를 믿고 이야기를 털어놔 달라고, 그것이 어떤 의미인지 내가 알려 주겠다고 할 수는

없는 노릇이었다. 쉽게 차별의 대상이 되는 특징을, 그것도 여러 개나 지니고 있는 그의 삶에 대해, 그리고 그런 자신의 특성 때문에 실제로 수없이 많은 차별을 일상적으로 겪었을 그의 경험에 대해, 나는 앞으로도 오랫동안 '알 것 같다.'라고는 말할 수 없을 것이다. J 씨와 나는 아마도 오랫동안 여전히 남으로 남을 수밖에 없을 것이다. 고민해야 할 것은, 어떻게 그와 내가 '우리'가 될 수 있을 것인가 하는 문제가 아니라, 어떻게 우리가 아닌 상태에서도 서로에게 상처를 주지 않고 함께 지낼 수 있는가 하는 문제여야 한다.

당신에 대해 쓰면서도 나로서는 나 자신을 위해 '나'라고 말하는 일이 남습니다. 그것은 나 자신의 이름으로, 그리고 객관적이고자 하는 정보들을 꿰맞추거나 어느 정도는 상상적인 증인 뒤에 몸을 숨기지 않고, **당신의 이야기가 나에게 말하고 있는 것과 나의 삶에서 반향을 일으키는 것을 말하는 일입니다.** 그런데 그렇게 할 수 없습니다. 문장들은 달아나 버리고 '나'라고 말하면 거짓된 울림이 됩니다.(202쪽, 강조는 인용자)

독서 경험에서 '감정이입'이 차지하는 힘은 얼마나 될까? 독자는 누구와 자신을 동일시하는가? 글 속에 등장하는 인물일까? 그 인물을 제시하는 작가일까? 아니면, 독자는 책을 읽으며 꼭 자신을 누군가와 동일시해야만 하는 것일까? 감정이입을 통한 연대가 가치 있는 일이라는 것은, 책을 읽은 후 타인의 이야기를 통해 자신의 경험이 깊고 넓어진 것만 같은 기분을 느껴 본 독자라면 누구나 아는 사실이다. 그런데, 책을 읽은 후에 어떤 이들의 어떤 감정에는 도저히 공감할 수 없음을 확인한 독자라면? 누군가와 나의 다름을 확인한 독서라면, 그런 독서는 어떤 가치를 가지는 걸까? 엠마뉘엘 카레르를 읽으면 떠오르는 질문들이다.

'감정이입'의 정도를 픽션과 논픽션을 나누는 기준으로 삼아 볼 수 있을까? 감정이입의 힘을 믿는 쪽과 그 한계를 인정하는 쪽. '이럴 수도 있지 않았을까요?'와 '이것은 실제로 있었던 일입니다.' 사이의 경계. 상상으로 구성한, 하지만 '그랬을 법한' 소설의 세계에서, 작가는 인물들 안으로 들어갈 수 있다. 소설은 그것을 허락하는 장르다. 많은 소설의 첫머리에 '이 이야기는 허구이며, 실제 인물 및 장소와의 일치는 우연입니다.'라고 밝히는 것은, 그렇게 마음껏 공감을 향해 달려갈 수 있는 안전판의 구실을 하기도 한다. 카레르는 그 안전판을 거부한다. 그는 상상의 세계에서조차 타인들에게 공감하는 것을 거부하고, 소설이 아닌 논픽션을 자신의 주요 작업으로 선택한 작가다.

　'우리가 남이가?'라는 말에 담긴 폭력을 자주 경험한 이들이라면, 무차별적인 감정이입에 대해 불편함을 느끼는 독자라면 그의 글이 반가울 것이다. 타인의 이야기에 감정이입하고, 그것을 통해 연대의 힘을 확인하는 것은 분명 뿌듯한 경험이며, 소설은 가상의 세계에서 그 뿌듯함을 경험할 수 있게 하는 장르다. 하지만 대부분의 경우, 우리는 남이고, 각자가 가장 확실하게 전할 수 있는 이야기는 자신의 이야기밖에 없다. 그 사실에 무감한, 혹은 '더 큰 이유'를 들이대며 그 사실을 외면하는 이들의 연대는 환상일 뿐이며, 섣불리 '우리'를 칭하면서 공통의 언어(라고 하지만 사실은 권력을 가진, 혹은 가지고 싶어 하는 쪽의 언어)로 타인의 경험을 재단하는 것은 폭력이다. '각자의 모습을 유지한 우리'여야만 우리의 연대도 더욱 확고할 것이다. 바로 그 점이, 카레르의 논픽션들이 더 많이 읽히기를 바라는 이유다.

# 13

# 타인의
# 탄생

이래 내내 아프다 소리만 하는 거럴 책에 쓰마 누가 읽을 라나 모리겠네. 다들 지겹다 칼 거라예. ―조순이, 1937년생 (최현숙, 『할매의 탄생』(글항아리, 2019), 75~76쪽)

바보래. 좋은 것도 모리고 부러운 것도 모리고. 내가 생각 캐도 바보래. ―유옥란, 1942년생(133쪽)

팔자가 그런가 봐, 그걸 또 뒤집었으마 그기 또 내 팔자가 되는 긴데 거를 자꾸 하는 기라. ―김효실, 1954년생(273~274쪽)

그래뺄에 몬 살아 본 거라. 그래가 그기 몸에 밴 기라 [……] 그래 살아온 거라. —곽판이, 1928년생(362쪽)

어떤 글을 읽고 나면 그 작가를 응원하고 싶어진다. 이런 책을 써 줘서 고맙다는 말을 전하고 싶고, 앞으로도 계속 작업해 주시라고 응원하고 싶다. 최현숙 작가의 『할매의 탄생』이 그렇다. 대구시 경계의 달성군 가창면 우록리에서 평생을 살아온 할머니들의 생애 구술사 작업이다. 책에서는 할머니들의 사투리를 표준어로 바꾸어 쓰지 않아, 마침 그쪽이 고향인 나로서는 책을 읽는 내내 머릿속에서 그 말들이 그대로 음성 지원이 되며, 책을 읽는 게 아니라 고모들이 차례대로 나와서 이야기하는 걸 듣는 것 같았다.

나의 고모들 같은 할머니들이 당신의 삶을 풀어놓는다. 나는 자기 이야기를 하기 싫어하는 사람은 없다고 믿는다. 누군가 자기 이야기를 잘 하지 않는다면, 그건 그이가 할 이야기가 없기 때문이 아니라 상대에게 그 이야기가 제대로 전해질 거라고 기대하지 않기 때문이다. 그리고 그런 포기에 이르기까지 아마도 자기 이야기가 제대로 전해지지 않았던 경험들이 쌓였을 것이다. 주변에 속내를 드러내지 않는 사람이 있다면, 그건 그이가 자기 이야기 하는 걸 싫어하는 게 아니라 당신을 신뢰하지 않는다는 뜻인 경우가 많다. 직업상 인터뷰를 많이 할 수밖에 없는 나는 알 수 있다. 이 책에 실린 할머니들이 이 정도 이야기를 꺼낼 수 있을 만큼 작가가 그들의 신뢰를 얻었다는 것을. 그 신뢰를 얻기 위해 노력하고, 기다리고, (무엇보다) 자제했다는 것이 작가의 수고이고 그의 능력이다.

* * *

2010년, 진화와 관련한 다큐멘터리를 만들었다. 주요 촬영 대상은 전 세계의 화석이었다. 모두 해서 100일 넘게 해외 출장을 다녔던 그해에 나는 뉴욕, 로스앤젤레스, 시카고, 미줄라, 런던, 도쿄, 시드니, 애들레이드의 자연사박물관을 찾았고 이탈리아, 미국 애리조나주, 호주 중부 퀸즐랜드주의 마운트아이자와 남부 빅토리아주의 동굴, 보르네오섬 등지의 화석 산지를 돌아다녔다. 사람보다 동식물을, 그것도 죽어서 화석이 된 동식물을 더 많이 보고 다닌 듯싶은 그해에 내가 깨달은 것은 인간은 지구의 주인공이 아니라는 사실이었다. 인간이 주인공이 아닌데 나 따위가 주인공일 리 만무했다. 내가 얼마나 하찮은 존재인가 하는 그 깨달음이 이상하게도 위로가 되었다.

이를테면 영국 케임브리지 대학박물관에서 촬영을 할 때였다. 촬영할 화석의 이름은 아칸소스테가(Acanthostega). 데본기, 그러니까 3억 5600만 년쯤 전에 최초로 얕은 물에서 살던 척추동물로, 최초로 손과 발에 해당하는 기관을 가지고 있었을 것이라 여겨지는 동물이다. 물고기 지느러미에 근육이 생기고, 그다음에 지느러미가 손가락과 발가락으로 갈라지며 그 안에 뼈가 분화되었다는 것이 일반적인 진화의 흐름이다. 아칸소스테가의 손가락뼈에 해당하는 부분이 화석으로 남아 있었다. 지금까지 발견된 것 중에서는 '지구 최초의 손가락'인 셈이다. 이런 진화의 흐름이야 그렇다 치고, 촬영 당시 내 관심을 끈 사실은 그 손가락의 개수였다. 아칸소스테가의 손가락은 다섯 개가 아니라 여덟 개였다. 이뿐 아니라 당시 아칸소스테가와 비슷한 발달을 거친 종들 중에는 손가락이 일곱 개인 종도 있고 여섯 개인 종도 있다고, 그곳에서 만난 고생물학자는 이야기해 주었다. 그러니까 손가락은 처음부터 다섯 개가 아니었다.

우리가 손가락과 발가락은 다섯 개인 것이 '자연스럽다'고 생각하는 건 우리 인간의 손가락이 다섯 개이기 때문이다.

그 이유뿐이다. 인간이 다섯 개의 손가락을 지녔기 때문에 손을 효율적으로 쓸 수 있는 것이 아니라, 아마 우연히 결정되었을 손가락 수를 가장 효율적으로 활용할 수 있는 식으로 인간의 몸과 정신이 진화한 것이다. 그 순서가 중요하다. 그렇게 생각하고 나면 십진법도 우리에게만 자연스러운 시스템이다. 나에게 익숙한 것들 중 당연한 것은 하나도 없다. 그것이 내가 진화 다큐멘터리를 제작하며 얻은 가장 큰 깨우침이다.

글고 내헌티 말할 때는 좀 크게 얘기하시라예. 귀가 내내 괜찮티마는 몇 달 전부터 귀가 푹푹 쑤시고 아프데예.(193쪽)

나에게 자연스러운 것이 당연한 것이 아님을 알고 나면 조금 더 타인의 기준, 혹은 그의 입장에 맞게 나를 조정하는 과정이 따른다. 말을 할 때 "좀 크게 얘기"해야 하는 상대가 있고, 어떤 단어는 쓰지 말아야 할 상대가 있고, 때론 아예 그가 마음을 열 때까지, 나를 신뢰할 때까지 인내심을 가지고 기다려야 하는 상대도 있다. 그 시간을 기다릴 만큼 상대에 대한 관심이 있다면, 혹은 그럴 필요가 내 쪽에 있다면 기다리는 동안 할 수 있는 일은 '나는 당신을 해칠 이유가 없습니다.'라는 마음을 지속적으로 보여 주는 것뿐이다.

우리는 남이니까 나의 이유가 상대에게도 같은 이유일 수는 없다. 나는 그 차이를 이해하는 것이 좋은 인터뷰와 그렇지 못한 인터뷰를 가르는 가장 큰 차이라고 확신한다. 나의 목적이 분명하다고 해서, 그것이 내가 이해하는 세계에서 분명 이로운 것이라고 해서 나의 세계 바깥에 있는 타인에게도 이로운 것이라는 확신이 바로 오만함이다. 그리고 그 오만함은 농촌 사람들을 대하는 도시 사람들, 혹은 제3세계를 대하는 제1세계 사람들, 즉 권력과 부에 상대적으로 더 가까이 있는 사람들의 태도에서 자주 보인다. 자신들의 목적이 상대에게도 이로운 것이라고 진심으로 생각하는 사람들은 억울할지도 모르겠다. 하지만 그런 어긋남은 개인의 진심 따위와 아무 관련이 없다. 진심이라고 해도 그것은 내가 속한 세계에서의 진심일 뿐이다.

\* \* \*

진화와 관련한 자료들을 보면 볼수록 진화나 자연은 개체에 아무런 관심이 없음을 알 수 있다. 호주 중부의 사막 한가운데에 있는 광산 도시 마운트아이자는 다양한 화석들이 발견되는 고생물학의 주요 연구 현장이기도 하다. 우리가 촬영한 화석 산지는 낮 기온이 45도가 넘었다. 그런 황량하고 비현실적일 정도로 더운 곳에 몇백만 년 전에 살았던 생물들의 화석이 있었고, 종종 최근에 죽은 캥거루 따위의 시체가 흩어져 있었다. 오래된 죽음과 비교적 최근의 죽음이 섞여 있고, 반경 10킬로미터 안에 우리 촬영 팀을 제외한 다른 사람은 없는 그런 곳에 있다 보면 개체란 얼마나 쉽게 잊히는가 하는 생각을 하지 않을 수 없다.

개체에 관심이 없는 진화는 목적도 없다. 진화의 방향은 상황에 적응하는 개체들의 변화가 쌓여서 움직여 온 결과에 불과하다. 지느러미에 근육이 붙으며 손가락과 발가락이 생겼고, 그 방향으로 계속 진화했던 아칸소스테가의 후손들이 육지 척추동물의 조상이 되었다. 하지만 그로부터 또 한참의 시간이 흐르고, 고래의 조상들은 어느 순간 환경이 달라진 곳에서 다시 바다로 돌아가는 선택을 했다. 개체들에게 공통의 목적 같은 것은 없다. 그저 주어진 환경에서 가장 잘 살아남는 것이 개체의 이유다.

뭔 이야기를 하다 이라나 내가 지금?(48쪽)

하이고, 우예 말이 이리로 왔노?(151쪽)

　　인터뷰가 길어지고, 질문을 하는 이가 자신을 해하려는 의도가 없음을 인터뷰이가 확인하고 나면, 인터뷰 분위기가 달라지는 순간이 찾아온다. 인터뷰이가 인터뷰어의 질문에 상관없이 자기 이야기를 풀어놓기 시작하는 순간이다. 앞서도 말했듯이 자기 이야기를 하고 싶어 하지 않는 사람은 없다. 인터뷰이가 이야기를 풀어놓기 시작하면 인터뷰어가 할 일은 별로 없다. 그저 추임새만 맞춰 주면 된다.(『할매의 탄생』에 중간중간 등장하는 저자의 추임새가 바로 그렇다.) 질문이 필요 없다는 건 내가 처음 그이를 인터뷰하려 했던 목적에서 벗어나는 이야기가 나오기 시작했다는 뜻일 수도 있다. 그이가 나의 맥락에서 벗어나는 순간이고, 이제 내가 상대의 맥락을 따라가기 시작해야 하는 순간이다.

　　『할매의 탄생』에서 할머니들이 사투리로 풀어놓은 구술을 표준어로 바꾸지 않은 점은 그래서 중요하다. 그들의 언어를 우리의 언어로 바꾸지 않았다는 사실은 그들의 이야기를 들으려면 그들의 언어를 우리가 배워야 한다는 것, 사투리가 낯설고 이해되지 않는 만큼 서로의 세계가 다르다는 것을 보여 주는 결정이었다. 그런 결정을 내린 저자와 출판사의 판단

이 존경스러웠다.

　나의 맥락, 나의 목적에서 벗어난 후에도 상대의 이야기를 들을 수 있는가, 얼른 이해되지 않는 상대의 언어를 나는 계속 들을 의지가 있는가를 결정하는 것이 그이에 대한 나의 애정이다. 그리고 그 시간을 견딜 수 있다면, 더 좋게는 상대의 맥락에 따라 그이가 풀어놓는 이야기에 빠져들 수 있다면, 이야기를 마칠 때쯤 우리는 추상적인 대상이 아닌 구체적인 한 개인을 우리 안에 담을 수 있다. 한 존재의 무게가 온전히 실린 그 묵직함은 성공한 인터뷰의 보람이기도 하다. 상대가 풀어놓은 이야기가 인터뷰를 시작할 때의 내 목적에 맞는 것일 수도 있고 아닐 수도 있다. 하지만 목적에 부합하는지 여부와 상관없이, 상대가 풀어놓은 이야기의 무게는 엄연한 현실이다.

　다 풀지야 몬하겠지. 사람은 모두 부족한 거잖아. 그라이내도 이 인터뷰를 하면서 제일 먼저 터진 게 엄마 이야기고, 아부지나 형제들에 대한 원망도 마이 터진 거지. 내 혼차 다 풀었으마, 얘기를 하더라도 다르게 했겠지. 하면서도 내 마음도 안 아프고. 근데 그러지를 못하더라꼬. 아직도 아프고 그러더라꼬. 그래도 이래 푸는 거는 내 혼차 속풀이하자고만

그러는 거는 아이라. 동생들이랑은 살아생전에 풀고 살았으면 해가, 여다가래도 말하는 거라.(340쪽)

\* \* \*

호주 애들레이드에서 차를 타고 쉬지 않고 다섯 시간을 달리면 플린더스산맥 국립공원에 이른다. 우리 촬영 팀이 플린더스산맥에 간 것은 지구 최초의 동물이라는 에디아카라 생물군(Ediacara biota)의 화석을 촬영하기 위해서였다. 에디아카라 동물군을 가장 간단히 설명하자면 '이동하는 최초의 생명체'라고 할 수 있겠다. 방석만 한 생명체도 있었고 좁쌀만 한 생명체도 있었다. 방석이나 동전만 한 생명체는 부드러운 흙에 묻힌 채 화석이 될 수 있었지만 좁쌀만 한 생명체는 화석으로 남기가 어렵다. 여기서 '흔적화석(trace fossil)'이라는 것이 등장한다. 화석 다큐멘터리를 처음 제작할 때 나를 설레게 한 말이었다. 화석은 그 본성상 이미 흔적이다. 그러니까 개체의 몸이 아니라 개체가 활동한 흔적이 화석으로 남은 흔적화석은 '흔적의 흔적'이었다. 이 두 겹의 흔적, 그게 무엇인지 알 수 없지만 '분명히 있었던' 무언가가 나의 마음을 움직였다.

플린더스산맥에는 방이나 집터만 한 사암층들이 그대로 드러나 있었고, 거기 정말 좁쌀 지름 정도 될 법한 홈들이 거미줄처럼 파여 있었다. 애들레이드 자연사박물관에서 그곳까지 우리를 안내한 고생물학자는 그 홈들이 흔적화석이라고 했다. 그러니까 약 6억 년 전에 형태를 알 수 없는, 하지만 '살아 있던' 무언가가 그 홈을 따라 이동했다는 것이다. 진화설에 따르면 그 생명체에서 나에게 이어지는 선은 하나다. 과장처럼 들리겠지만 그 이름도 생김새도 알 수 없는 생명체가 지금 플린더스산맥의 사암 위에 남은 그 '길'로 이동하지 않았다면, 지금의 나는 없을 수도 있었다. 내 할머니가 긴 한평생에 내렸던 수많은 선택들, 그것들 중 어느 하나라도 달랐더라면 지금의 나는 없는 것과 마찬가지다. 스스로 보기엔 무척이나 확고하고 단단해 보이는 나라는 존재가 세상에 나온 건 그렇게나 '우연'에 좌우되는 사건이었다.

자연과 진화는 개체에 관심이 없고, 종종 개체는 자연과 환경의 무심함 앞에 서운할 정도로 하찮게 지워지기도 하지만 우연이라는 가냘픈 선이 또한 개체들을 이어 주고 있는 것이 사실이다.

내 살아온 거를 글로 낸다 카이 참 남사시럽기는 해도 설
명을 들으니 맞는 말이더라 카이. 나 잘났다 그기 아이라. 촌
할매들 살은 거를 세상에 알리는 그기 필요한 거라.(104쪽)

책 제목이 '할매의 탄생'이다. '할매' 부분은 잘 알겠는데
어째서 '탄생'인지는 얼른 이해가 되지 않았다. 책을 다 읽고
나서야 책 속의 조순이, 유옥란, 이태경, 김효실, 곽판이, 임혜
순 할머니가 비로소 나의 세계에 구체적인 개인으로 존재하
게 되었다는 의미에서 '탄생'이겠구나 하는 깨달음이 찾아왔
다. 나의 세계에서만 보자면 이 할머니들은 태어난 것이다. 누
군가의 이야기가 우리에게 전해질 때 그이는 우리 안에 탄생
한다. 없던 존재가 하나의 세계에 자리를 잡는다는 의미에서
그렇다. 그의 이야기를 듣기 전까지 나의 세계, 나의 지평 안
에 그는 없었다. 그의 이야기를 온전히 그의 말로(그래서 사투
리로) 듣고 나서야 나의 세계 안에 그의 자리가 생긴다. 타인
들은 늘 나의 세계에 새로 탄생하고, 나 역시 타인의 세계에
서 새로 탄생한다. 그렇게 탄생한 구체적 개인은 이제 대체될
수 있는 보통명사 '할머니', '시골 할머니'가 아니라 대체될 수
없는 고유한 한 존재로, 본인의 이름과 그 이름 아래 다른 것
으로 대신할 수 없는 삶을 살아온 존재가 된다. 한 사람이 다

른 사람의 정신 안에 태어난다.

사람들 사이에 전해지는 이야기는 그렇게 새로운 탄생을 만들어 낸다. 『할매의 탄생』에서 당신들의 이야기를 풀어놓은 할머니들이 탄생하고, 그분들이 전하는 경험과 (말 그대로의) 지혜가 이제 독자들의 세계에서도 그 힘을 발휘할 수 있다면, 우리는 이야기를 전하고 이야기를 듣는 행위의 힘을 확인할 수 있을 것이다. 우리는 어디까지나 '한 명'의 개인을 알 수 있을 뿐이다. 느리다고? 당연하다. 하지만 그 속도가 답답하다고 섣불리 일반화하는 것은 아마 잘못된 선택일지 모른다. 한 명씩 한 명씩 개인을 들여다보는 과정이 느려서 아쉽다면 부지런히 많이 만나고 많이 듣는 수밖에 없다. 반복은, 그렇게 꾸준히 뭔가를 쌓아 가는 습관은 의외로 힘이 세다.

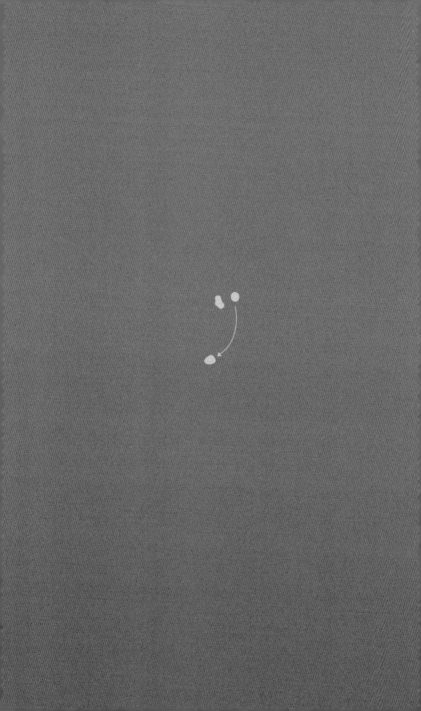

# 우리가 아는
모든 언어

처음 논픽션에 대한 글을 써 보기로 했을 때, 가장 먼저 떠올린 책은 존 버거의 『제7의 인간』이었다. 타인의 주관에 대한 아래의 인용문은 타인들을 대하는 나의 태도에 가장 큰 영향을 주었고, 지금도 그러하다.

남들의 주관이란 똑같은 외부적 사실들에 대해서 단순히 내부적인 태도만이 다른 걸 말하는 것이 아니다. 그가 그 중심부에 놓여 있는 사실들의 별자리 자체가 다른 것이다.(존 버거, 차미례 옮김, 『제7의 인간』(눈빛, 1992), 93쪽)

1960년대 유럽의 이민노동자들의 경험을 전하는 이 책의 내용에 대해서는 이미 다른 곳에서도 많이 이야기했으므로, 여기서는 책의 형식에 대해서 덧붙이고 싶다. 책에는 존 버거의 글과 장 모르의 사진이 함께 담겨 있다. 터키를 출발한 이민노동자가 스위스 제네바에서 일자리를 구하고, 얼마간의 시간을 보낸 후 고향으로 돌아오는 여정을 따르는 책에서, 두 사람의 문장과 사진은 각각 자신의 언어로(즉, 텍스트와 이미지로) 노동자의 경험들을 기록한다. 텍스트가 이미지의 캡션으로 쓰인 것도 아니고, 이미지가 텍스트의 내용을 예시하는 것도 아니다. 때론 문장이 전할 수 없는 것을 이미지가 전하고, 때론 이미지가 책 전체의 맥락을 벗어나지 않게 문장이 잡아 주기도 한다. 이런 책을 읽으면서 독자는 책 속에 등장하는 노동자들의 경험을 보다 '온전하게' 받아들일 수 있는 거라고, 나는 생각했다.

언어는, 그것이 텍스트든 이미지든 혹은 음악이든 상관없이, 언제나 경험 자체보다는 작을 수밖에 없다. 경험이 언어라는 매개를 통해 전달되는 순간 그 경험의 어느 부분은 사라질 수밖에 없는 것이다. 그건 전하는 이의 의도와 상관없이 매개체로 쓰인 언어 자체의 한계일 것이다. 모든 기록은, 그 한계를 안은 채, 그럼에도 무언가를 전하려는 노력이다. 그 한계를 없는 셈 치는 순간 그 기록은 거꾸로 경험에서 멀어지는 것 같다.

하지만 여러 언어를 동시에 쓴다면? 텍스트가 놓친 부분을 이미지가 전하고, 이미지가 담을 수 없는 것을 텍스트가 알려 줄 수 있다면? 전하는 과정에서 사라지는 경험의 총량은 줄어들 수 있지 않을까? 『제7의 인간』은 그것이 가능함을 보여 주는 책이다. 이 책을 다른 사람들에게 추천하면서, '책이 할 수 있는 것'의 가능성을 넓혀 주는 책이라고 말하는 건 그런 이유 때문이다. 타인의 경험을 전할 때, 우리는 우리가 아는 모든 언어를 동원하여야 한다.

\* \* \*

다큐멘터리를 제작할 때도 여러 언어들을 사용한다. 구성 작가가 정성껏 내레이션 대본을 쓰고, 촬영 감독은 주어진 상황에서 최고의 영상을 만들어 내기 위해 때론 위험을 무릅쓰기도 한다. 그리고, 그 모든 과정의 마지막에 음악이 영상의 분위기를 잡아 준다. 나는 그 과정도 꽤 즐기는 편이다. 이 글에서 이야기했던 다큐멘터리들에 쓰인 음악들 역시, 그런 마음으로 고른 것들이다. 해당 다큐멘터리들에서 전하려는 이야기를 보다 온전히 전달하는 데 성공했느냐 하는 것과는 별개로, 타인의 경험을 전하는 일을 하는 입장에서는 소홀히 할 수 없는 부분이다.

### 「성장통」(2008)

#### —산울림, 「해바라기가 있는 정물」

첫 번째 제작했던 다큐멘터리 「성장통」의 음악 감독은 대학 선배였다. 처음 해보는 큰 작업에서 한 영역이라도 부담을 덜고 싶어, 편하게 일을 맡겨도 결과를 믿을 수 있는 사람을 찾다 보니, 결국 지인 중에 음악 감독을 찾는 수밖에 없었다. 다큐멘터리 계획과 음악에 대한 이런저런 이야기를 나눈 후에, 선배는 '요즘 피디가 즐겨 듣는 음악이 프로그램 정서와도 어울리지 않겠느냐?'라고 했다. 지나고 보니 맞는 말이다. 프로그램을 제작할 당시의 제작자가 몰두하고 있는 부분들은, 영역이 다르다고 해도 결국은 같은 울림을 띠지 않겠느냐는 그 말을 믿고 고른 음악이 산울림의 「해바라기가 있는 정물」이었다. 고르고 보니 프로그램과도 어울릴 것 같았다. 「성장통」은 '만남', '나이', '성장'을 주제로 100여 명의 인터뷰만 모은 다큐멘터리다. "그린 이는 떠났어도 너는 아직 피어 있구나."라는 가사가 영상으로만 남은 인터뷰이들을, 그 타인들을 다시 한번 떠올리게 해 주면 좋겠다고 생각했다.

### 「열하일기」(2016)

—모비, 「에버러빙(Everloving)」

소설가 김연수 선생과 함께 열하일기의 루트를 그대로 따라가 보는 다큐멘터리다. 이 다큐멘터리를 제작할 때는 '무엇을 하겠다.'보다 '무엇을 하지 않겠다.'라는 것을 먼저 정했다. 과거의 역사를 언급하는 장면에서 어설픈 재연 장면 촬영을 하지 않겠다는 것, 그리고 만주 땅에 남은 한민족의 유산 따위는 찾지 않겠다는 것이었다. 그러니까 '민족의 고전'을 다룬 방송물에서 흔히 빠지는 함정에 빠지고 싶진 않았다. 그러다 보니 한국이나 중국의 전통 악기를 사용한 음악은 처음부터 고려하지 않았다.

출장 중의 어느 날 새벽, 해돋이 촬영을 위해 중국의 텅 빈 국도를 달리던 중에 다프트 펑크의 「컨택트(Contact)」를 듣다가, '이거다!'라고 생각했다. 동양의 전통과 가장 멀리 떨어져 있는 것 같은 일렉트로닉 음악과 '고전'이 만나면 어떤 느낌일지 궁금했다. 그리고 2부의 마지막 장면, 산해관의 성벽이 바다로 곧장 이어지는 바닷가에 김연수 선생이 홀로 서 있는 장면에서 모비의 「에버러빙」을 쓰기로 했다. 김연수 작가의 머리 위에서 출발한 드론이 작가가 모래사장의 점처럼 작아 보일 때까지 끝없이 올라가는 장면이 묘하게 쓸쓸했던 그 엔딩을, 나는 지금도 매우 좋아한다.

## 「내 운동화는 몇 명인가」(2018)

—존 루이스, 「J. S. 바흐, 프렐류드와 푸가(J. S. Bach, preludes & fugues)」

「내 운동화는 몇 명인가」는 기획에서 최종 완성까지 온전히 피디가 하고 싶은 대로만 제작했던 프로그램이다. 운동화라는 지극히 일상적인 상품으로 이어져 있는 타인들의 삶을 '그들의 목소리'로 전하고 싶다는 생각뿐이었다. 촬영과 편집을 마치고 음악을 정해야 할 단계에서, 음악 감독에게 이 다큐멘터리에는 '독주곡'만을 쓰고 싶다고 이야기했다. 모두가 이어져 있지만 그 이어져 있음이 보이지 않는 상황에서, 프로그램에 등장하는 인물들이 '홀로' 있음을 강조하면, 역설적으로 우리가 이어져 있다는 사실과, 그 사실을 깨달아야 한다는 메시지를 잘 전할 수 있을 것 같았다. 내가 고른 곡은 재즈 피아니스트 존 루이스의 바흐 평균율 모음집이었다. 그리고 출연자들의 손을 강조하고 싶다는 나의 말에, 음악 감독은 "그렇다면 첼로 독주지요."라고 하면서, 바흐의 무반주 첼로를 엔딩에 얹어 주었다.

## 「부모와 다른 아이들」(2019)

—다비드 오이스트라흐·레프 오보린, 「베토벤: 바이올린 소나타 7번, C단조 (Beethoven: Violin Sonata No. 7 in C minor)」

지금은 국회의원이 된 '둘째 언니' 장혜영 씨와 '동생' 혜정 씨를 다룬 다큐멘터리 편집을 마쳤을 때, 무조건 2중주 음악을 쓰고 싶었다. 동생을 보호하는 언니와 그 보호를 받는 '장애인 동생'의 일방적인 관계가 아니라, 비장애인-장애인으로서 있는 그대로 서로를 지탱해 주고, 때론 싸우기도 하는 관계, 어느 한쪽이 주연이고 다른 한쪽이 조연이라기보다는 그냥 둘이서 함께 있기 때문에 작품이 되는 그런 관계를 보여주고 싶었다. 당시 내가 알고 있던 음악 중에서는 오이스트라흐와 오보린이 함께 연주한 베토벤 바이올린 소나타 7번 C단조의 2악장밖에 없었다. 각자 달리는 것 같지만 서로 조화를 이루는 두 악기의 소리가, 늘 싸우는 것처럼 보이지만 서로가 없으면 안 되는 두 사람의 관계를 그대로 표현하는 것 같았다. 그리고, 오이스트라흐와 오보린의 연주만큼이나 자매의 관계도 아름답다는 것을 보는 이들이 알아봐 주면 좋겠다고 기대했다.

* * *

고레에다 히로카즈의 영화를 좋아한다. 「바닷마을 다이어리」에서 불꽃놀이를 함께 보고 돌아오는 길에 중학생 스즈는 친구 후타에게 '내 존재만으로 상처를 받는 사람이 있다.'라는 생각으로 힘들 때가 있다고 속내를 드러낸다. 후타는, '부모님은 딸을 원했지만 내가 아들로 태어나서 부모님이 실망하셨다. 그래서 우리 집에 내 사진이 제일 적다.'라는 어딘가 번지수가 잘못된 대답을 한다. '뭐니?'라는 표정으로 바라보는 스즈에게 후타는 "그런 얘기 아니었어?"라고 묻는다. 당연히 그런 이야기가 아니다.

그럼에도 나는 이 장면이 '듣는' 자세에 대한 모범답안일 거라고 생각한다. 후타는 자신과 다른 삶을 살아온 친구가 꺼낸 속내를 온전히 이해할 수 없다. 하지만 친구의 말에 귀 기울이고, 그 말을 자신의 삶에 대입해 본 후, 친구의 경험과 가장 가까운(그렇다고 자신이 생각하는) 경험을 역시 꺼내서 보여 준다. 후타는 '그런 이야기가 아닌' 이야기를 했지만, 스즈를 아끼는 마음은 충분히 보여 주었다. 아무것도 아니라고 대답하며 미소를 짓는 스즈도 그 마음을 알아보았다.

우리가 아는 모든 언어를 다 동원한다고 해도 타인의 경험을 온전히 전할 수는 없을 것이다. 그럼에도 우리는 타인의 말에 귀 기울이고, 그것을 나의 삶에 대입해 보는 정성을 보일 수는 있다. 그 정성과 노력이 전해지는 것만으로도 우리는 그이에게 조금 더 가까이 다가갈 수 있는 거라고, 나는 여전히 믿고 있다.


책을 낼 때마다 편집자들의 수고에 크게 빚지는 마음을 지울 수 없다. 《릿터》 연재를 제안한 김희진 편집자부터, 연재 중에 많은 배려를 해 주었던 서효인 편집자, 단행본 제작 관련 가장 많이 공을 들여 준 조은, 최예원 편집자에게 감사의 마음을 전한다.

# 타인을 듣는 시간

다른 세계를 여행하는 다큐멘터리 피디의 독서 에세이

1판 1쇄 펴냄 2021년 11월 30일
1판 4쇄 펴냄 2023년 5월 22일

**지은이** 김현우

**편집** 최예원 조은 최고은
**미술** 김낙훈 한나은 김혜수
**전자책** 이미화
**마케팅** 정대용 허진호 김채훈 홍수현
　　　　 이지원 이지혜 이호정
**홍보** 이시윤 윤영우
**저작권** 남유선 김다정 송지영
**제작** 임지헌 김한수 임수아 권순택
**관리** 박경희 김도희 김지현

**펴낸이** 박상준
**펴낸곳** 반비

**출판등록** 1997. 3. 24.(제16-1444호)
(06027) 서울시 강남구 도산대로1길 62
강남출판문화센터
**대표전화** 515-2000, 팩시밀리 515-2007
**편집부** 517-4263, 팩시밀리 514-2329

글 ⓒ 김현우, 2021. Printed in Seoul, Korea.

ISBN 979-11-91187-95-3 (03810)

반비는 민음사출판그룹의 인문·교양 브랜드입니다.

**만든 사람들**
**책임편집** 조은
**디자인** 이지선